gran angular

L'abric verd

MARIA GRIPE

editorial cruïlla
Balmes 245 08006 Barcelona
ediciones sm General Tabanera 39 28044 Madrid

Títol original: ... *ellen dellen...*

Traducció de l'anglès: *Josefina Planas*
Fotografia de la coberta: *José Manuel Navia*
Disseny de la coberta: *Eugenio Gómez*

Balmes 245 / 08006 Barcelona

Distribuïdor exclusiu: CESMA S.A.
Progrés 482-484 / Badalona (Barcelona)

ISBN 84-348-1563-X (S.M.)
ISBN 84-7629-004-7 (Cruïlla)
Dipòsit legal: M. 9082-1985
Imprès a Espanya / *Printed in Spain*
Impremta S.M.

Una vegada un lleopard va trobar una cabra morta de fred i li va dir:

—Deixa'm que t'aixoplugui sota la meva pell.

AMIQAR, *c.* 500 A.C.

Una de les coses que hom no espera d'una pilota de tennis, és que sàpiga que és una pilota de tennis.

R.D. LAING, 1969

I

De la primavera del 1972 fins a la tardor del 1973

1

EL PARE, en realitat, volia que es digués Minna...

Potser perquè volia dir «estimada», explicava un dia amb un cert aire tímid.

Però es va escollir Fredrika, en part a causa del pare de la seva mare, el nom del qual era Fredrik, però sobretot per l'autora feminista Fredrika Bremer. Per no quedar malament, no fos cas que algú se n'hagués adonat, va llegir algunes de les seves obres. La veritat és que no tenia res en contra de la Fredrika Bremer, excepte que el seu nom sonava postís per a la Fredrika, com si necessités una justificació per poder existir.

A la seva germana Florence, que tenia tres anys més que ella i n'havia fet setze, li havien posat el nom per Florence Nightingale, però, com era una feminista militant, li hauria escaigut més el nom de Fredrika. Era molt sarcàstica envers aquesta societat dominada per l'home.

—Tots els xicots són iguals —solia dir—. Sempre tracten de dominar les noies.

Es considerava digna del nom de la seva germana i trobava que la Fredrika podia haver-se dit millor Florence.

Si li haguessin permès d'escollir, la Fredrika s'hauria inclinat per Minna, la idea del pare, però com que tenia aquell significat secret, va treure-s'ho del cap.

Al contrari de Fredrika, Florence no tenia res contra el fet de portar el nom d'una persona famosa. No se sentia incòmoda amb el nom d'un personatge il·lustre, més aviat l'esperonava, estimulava les seves ambicions i evitava que fos una no-ningú, perduda en l'anonimat.

La Fredrika mai no va entendre aquesta manera de pensar. Sempre havia tingut idees i ideals diferents, encara que mai no havia sabut quins eren, fins el dia que, de sobte, va haver de canviar radicalment la seva vida i la seva manera de ser.

Va començar a adonar-se que la seva família escollia models de vida impressionants a fi de viure com ells. La mare marcava la pauta. Tenia fites que s'havien de respectar, segons Florence.

Aquestes dues, la mare i la Florence, eren molt semblants. Sabien el que era que no anava a l'hora en aquesta societat masclista, i mútuament es van prometre de posar-hi remei.

No és que la Fredrika volgués privar la mare de les seves heroïnes; ni pensar-ho! Si solament s'acontentés amb exemples històrics, la mare! Però per desgràcia, aquests exemples no podien aplicar-se gaire a la vida quotidiana; aleshores recorria als exemples que tenia a prop i la cosa esdevenia més difícil.

Si s'hagués limitat a Fredrika Bremer i a Florence Nightingale, que després de tot, van viure feia molt de temps i foren unes persones pacífiques i anodines, la cosa hauria estat suportable. Però no! Havia de buscar també exemples vivents.

De primer era una persona, després n'era una altra, les que la Fredrika havia d'imitar. Sempre era la

Fredrika la que rebia aquests consells: la que tenia més necessitat d'exemples. Evidentment, no era tan eficient com hauria hagut de ser, com la mare volia que fos i com era sempre la Florence. Això ho sabia de sempre. De fet, en aquell temps era una calamitat.

Després va aconseguir canviar gràcies al seu propi esforç. Un bon dia va decidir canviar la seva personalitat amb un senzill acte de voluntat. Tot de sobte. Això era quelcom que no tothom era capaç de fer...

Era realment una història estranya. Va passar molt de temps abans que no s'adonés de com havia esdevingut i què era el que havia passat. Però cada cop més, sentia la necessitat de saber el perquè. Si més no, hom no pot tornar-se una persona diferent sense saber per què ho fa.

Era bastant sorprenent que ningú de casa semblava donar-hi importància, excepte el pare, potser; els altres, solament s'alegraven que s'hagués tornat de sobte molt més «agradable», segons deien.

De fet, el canvi no deuria ser tan ràpid com semblava, perquè quan va començar a pensar en el que havia passat, va haver de retrocedir molt de temps enrere.

ES VEIA com una nena petita dreta davant de la finestra de la cuina de casa seva. Amb prou feines podia arribar-ne a l'ampit, però s'hi estava principalment per poder girar-se d'esquena als altres, no pas per mirar per la finestra.

En algun indret darrere d'ella, la Florence jugava

amb les seves amigues, i el seu germà Philip, que havia nascut un any més tard que la Fredrika, jugava amb alguns nois. Eren a llur cambra; escoltava la remor dels seus jocs i se sentia sola. Sabia que tant en Philip amb els seus companys, com la Florence amb les seves amigues d'escola, no s'interessaven per ella. Era solament perquè no anés a queixar-se a la mare o al pare, que no s'atrevien a fer-la fora. Per això preferia estar sola. Però com que no volia fer llàstima o que s'adonessin que no tenia amics, de sobte, quan estava dreta davant de la finestra, va cridar amb entusiasme:

—Mireu, acaba de passar la meva amiga!

Els altres van córrer i van mirar amb curiositat, però la nena havia desaparegut. Ningú no va entreveure-la i ningún no la veuria mai.

La casa estava situada sobre una esplanada a mig aire d'un turó bastant alt. Una escalinata de pedra creuava a prop del pati i girava cap al cim del turó on hi havia altres cases.

Era en aquelles escales on l'amiga sempre desapareixia cap a una banda o cap a una altra. Els altres mai no la van arribar a veure. L'amiga de Fredrika romangué un misteri total. Ningú no sabia el seu nom ni on vivia, només sabien que tenia els cabells rossos amb rínxols, els ulls blaus i les sabates verdes. A més, tota la seva roba era verda, per això desapareixia tan ràpidament i era difícil de veure-la a través de la verdor dels jardins que els envoltaven.

A l'hivern, quan nevava, anava vestida de blanc, com es pot suposar, i també això impossibilitava que ningú no la veiés. Segons la Fredrika, jugaven juntes cada dia, dalt del pendent on florien les anèmones boscanes, o al parc prop dels gronxadors o al lloc de la sorra. Ningú, però, no va tenir la sort de veure-les juntes. No obstant això, no dubtaven de la seva existència, no se'n preocupaven gaire i pensaven que es tractava d'algú que la Fredrika va trobar per casualitat i que jugava breument amb ella, de tant en tant.

Com és natural, la Fredrika sabia que la nena era un invent seu. Ni tan sols era un personatge fingit, perquè la Fredrika, mai, ni per un instant, no s'imaginava com podia ser. La noia era una mentida i això la feia sentir-se culpable; per aquest motiu mai no li va posar nom a fi que la cosa no se li escapés de les mans.

Va passar el temps.

La Fredrika va començar a anar a escola i a tenir amigues, però mai com la Florence i en Philip. Per exemple, mai no va portar-les a casa i mai no va anar a jugar a casa d'elles. Anaven juntes a l'escola i potser jugaven una mica pel camí de tornada. Res més. Entretant, la misteriosa amiga de Fredrika encara apareixia de tard en tard. Encara no era oblidada, però passava bastant de temps entre una aparició i l'altra.

Un dia, però, quan la Florence estava dreta davant de la finestra —era una mica abans de migdia i tots eren a casa— de sobte va cridar:

—Veniu a veure-la! Ha de ser l'amiga de la Fredrika!

Tots hi van córrer, menys la Fredrika, que estava com paralitzada i la Florence va haver d'arrossegar-la fins a la finestra:

—Digues, no és la teva amiga?

Una noia uns anys més gran que la Fredrika pujava l'escalinata. Tenia els cabells rossos rinxolats i anava tota de verd llevat de les sabates que eren marrons. La noia pujava els graons a poc a poc, i la Fredrika, que no l'havia vista mai, es va quedar mirant-la desconcertada i en silenci, mentre que tots la miraven a ella:

—Per què no contestes?

—És ella?

La van sacsejar a fi que reaccionés, però es va tornar vermella com un tomàquet i va haver de fugir i amagar-se.

—Què li passa, ara? —va sentir darrere seu.

—No volia que nosaltres la veiéssim —va dir la Florence.

Aleshores es va sentir ben clara la veu de la mare que deia:

—Aquella deu ésser la filla del conseller Alderman Strand. —I això va resoldre l'enigma.

La filla d'Alderman Strand i la Fredrika? Quin disbarat! La vida ja no va ser el mateix després d'aquest fet, per a la Fredrika. El perill l'amenaçava constantment. Cada cop que es creuava amb la filla d'Alderman Strand, retrocedia com si l'hagués picat una abella. S'anguniejava quan anava a algun lloc, tot i que feia marrades per evitar de topar amb ella.

Ja no va anomenar mai més la seva «amiga».

Però la mare sovint parlava de la noia Strand, «una noia tan encantadora». Es deia Madeleine. Obsessionava la Fredrika i va començar a odiar-la sense cap raó. Això li feia tenir encara més mala consciència.

Va passar el temps. Es van escolar uns quants anys i ja ningú no es recordava de la misteriosa amiga de la Fredrika, tot i que de vegades la filla d'Alderman Strand passava per l'escalinata de pedra, cada cop més bonica i encantadora.

La Fredrika continuava esquivant-la. No la neguitejava per dintre, ni se sentia com un ocellet esporuguit cada cop que la trobava. Havien acabat anant a la mateixa escola i la Fredrika es va veure forçada a trobar-la sempre, però aquella noia de rínxols rossos i d'ulls blaus brillants, encara la veia com una amenaça. Una amenaça estranya i inexorable.

Una vegada la Fredrika va topar amb ella. Es van quedar mirant-se, cara a cara. Va ser quan va descobrir que la Madeleine Strand tenia els ulls blaus més penetrants que mai no hagués vist. Aquella mena de blau magnètic i esbalaïdor era insuportable.

Naturalment la mare s'havia encarregat de dir quin exemple més bo podia ser la filla d'Alderman Strand, per a una persona com la Fredrika. La mare se la mirava complaguda cada cop que passava per davant de la finestra.

—Vine i mira el que vull dir —comentava—, mira com mou el cap, que dreta que camina! No acota el cap... i l'esquena tan recta, fa goig de veure... mira la seva positura, estimada.

Aquell cap!

Aquella esquena!

La manera de caminar!

Els seus braços! I així successivament...

A vegades les coses anaven empitjorant i la Fredrika va acabar caminant uns metres darrere d'aquella persona encantadora, camí de l'escola. Al principi agafava un altre camí, però més tard no se'n va preocupar. Va veure que ja no li feia res de tenir la Madeleine Strand davant o de topar amb ella; el que no resistia era d'anar-li al davant. Sentir aquella mirada penetrant a l'esquena, no ho podia suportar. Quan la tenia al davant, almenys, podia estudiar aquell «miracle»; el seu caminar, la manera com movia el cap, els braços, és a dir, tot. Volia estar cent per cent segura que no s'hi assemblava gens.

Era millor fer la rialleta i continuar vivint com una curta de gambals, com un enze.

2

ERA AIXÒ, un enze!

De sobte, a casa tots es van adonar que tenien un enze a la família. No n'havien fet esment: aquestes coses és més fàcil que les descobreixi un de fora; però tots, fins ella mateixa, havien notat que era lenta i matussera comparada amb en Philip i la Florence, però no sabien per què.

Finalment es va resoldre el problema.

Gràcies a l'Evelyn.

Quan la mare anava a escola havia tingut una companya que es deia Evelyn. Encara s'escrivien i la mare parlava sovint de l'Evelyn com d'una persona increïblement intel·ligent. Sempre havien estat molt amigues i les millors de la classe, en aquell temps. Era difícil de saber quina de les dues era la millor. No competien mai, ni l'una volia superar l'altra, al contrari, sempre procuraven ajudar-se. La mare deia que l'Evelyn era la més brillant i ella deia el mateix de la mare. En una paraula, eren unes amigues ideals i mai no es barallaven.

Cada cop que la mare parlava de l'Evelyn, la Florence, que també era terriblement intel·ligent, es lamentava de no poder trobar una amiga així i aleshores comentaven que avui dia, a causa de la societat tan competitiva, era difícil trobar una amistat així; tot el que es veia era enveja i rivalitat.

La mare i l'Evelyn havien estat en contacte per correspondència a travès dels anys. L'Evelyn s'havia traslladat a Amèrica després de la graduació. Havia nascut allà i els seus pares hi restaren mentre va anar a escola. Com que la seva família provenia de Suècia, els seus pares van voler que es formés allí, a fi que pogués decidir, per ella mateixa, on volia viure de gran.

L'Evelyn va escollir Amèrica i va tenir molt d'èxit. Donava classes a la Universitat i es va casar amb un professor; tenia dos fills que eren ambdós «superintel·ligents».

La mare no envejava els èxits de l'Evelyn. Deia que n'estava orgullosa. Altrament, ella només era dentista i, certament, no s'havia casat amb un professor universitari. Tal com ella remarcava tot rient, la veritat era que l'Evelyn l'avantatjava una mica.

Va dir això mateix a l'Evelyn quan aquesta va anar a Suècia a passar una setmana a casa d'ells.

L'Evelyn, però, va abraçar la mare i li digué que els dentistes eren molt necessaris. No va fer esment del pare. Ell era gairebé sempre fora mentre l'Evelyn va viure a casa. Es passaven l'estona xerrant, elles dues.

En tot cas, aquesta fantàstica Evelyn va ser la que va descobrir quin era el problema de la Fredrika.

Un parell de dies abans de tornar a Amèrica, ella i la mare van recórrer la ciutat, anant de compres tot el matí, i van dinar juntes. L'Evelyn volia passar la tarda fent fotografies a fi de poder emportar-se instantànies dignes, perquè veiessin com vivia la mare a Suècia.

Era una fotògrafa excel·lent, segons la mare.

L'Evelyn anava corre-cuita prenent fotografies,

sorgia pertot arreu amb la seva cambra, fins i tot s'ajeia a terra d'esquena o de bocaterrosa per aconseguir un angle escaient i acabà pujant sobre els mobles. Lleugera i en bona forma com és de suposar, anava pertot saltironant, rient i xerrant sense parar.

En Philip i la Florence posaven de grat, engrescats amb les seves iniciatives. L'ajudaven a trobar el millor angle per a la cambra fotogràfica i desbordaven de xerrameca, també. La Fredrika es quedava a fora. No li agradava la gent que treia fotografies. Per poder-la retratar van haver-la de forçar.

Fou l'Evelyn qui ho va encertar.

—Irma, quin enze que tens —va dir de sobte.

La mare va obrir uns ulls com unes taronges.

—Justa la fusta! —va contestar—. Tots ens preguntàvem quin era el problema.

Tots van riure. La Fredrika no sabia per què, però era obvi que reien perquè no eren enzes. I van començar a empènyer-la d'ací d'allà com un paquet, mentre l'Evelyn treia més i més fotografies.

Després l'Evelyn va retornar a Amèrica.

Va deixar darrere seu una beneitona, «un enze».

No pas un de petit, sinó un que creixia, que cada cop s'anava fent més gran, més maldestre, més lamentable. Un enze què li queia tot el que tocava. Una mal traçuda que s'entrebancava i feia malbé els vestits, una destorba-festes, sorruda, que corria a amagar-se quan arribava algú. Sobretot quan venien els amics de la mare; aquests eren els que li feien passar més vergonya i els que l'esveraven més. Era de doldre, perquè la mare només tenia amics de talent que li havia costat de trobar i que eren molt importants per a ella.

—Sempre seràs un enze? —deia la mare—. L'Evelyn tenia tota la raó.

—És fácil fracassar per aquests topants —deia el pare.

De totes maneres, ja l'havien classificat. La Fredrika ja sabia quin era el seu problema i per què sempre li retreien la filla d'Alderman Strand. El pitjor de tot era que tant l'Evelyn com la mare tenien raó. S'adonava que quelcom no anava alhora i que cada cop empitjorava. Era com una malaltia de la qual n'era conscient, però que no l'havia abatut fins que no n'havia sabut el nom. Així que va saber el diagnòstic, va empitjorar i res no funcionava com calia. Es va sentir totalment afectada, tot el seu ésser en va sofrir.

De sobte, es va veure com creia que els altres la veien i era una visió llastimosa. Així que arribaven invitats a casa, pensava que tots els ulls només es fixaven en ella, que intercanviaven mirades de complicitat i esperaven que fes alguna barroeria. Llavors sentia que el seu cos esdevenia tan pesant com el plom.

Sempre havia estat una mica lenta de moviments, rondava «mig adormida» com deien els altres. Sempre estava disposada que els altres li passessin al davant, però mai com ara. La mare sofria terriblement de veure-la així; era tan enèrgica ella, un vertader cable elèctric, com deia l'Evelyn. Òbviament havia de ser espantós, per a un cable elèctric, tenir un enze per filla.

Amb el pare, era completament diferent; de fet, gairebé mai no notava la seva beneiteria; al cap i a la fi, tenia les seves pròpies preocupacions. En Philip i la Florence tampoc no se'n preocupaven gaire, mentre no hi hagués la mare a prop, però no podien deixar de posar-se al seu costat i de fer sortir la Fredrika de polleguera. A l'escola, era sorprenent, no tenia cap problema. Tot el que havia de fer era ser aplicada i sempre podia fer-ho, fins i tot sense gaire esforç.

Sí, era la mare la que més en patia. Per sort tenia la Florence, que era tan intel·ligent i tant més avançada en tots els aspectes. En Philip també era molt despert i enèrgic; no li causava cap problema seriós. Però la mare no estava prou contenta amb dos fills que sobresortien; estava ben determinada a canviar la Fredrika.

La Fredrika no sabia imaginar-se com es podia fer aquest canvi. Estava convençuda que no tenia altre camí que el de ser un enze i a vegades això l'entristia, però la major part del temps no hi pensava. És per aquest motiu que el que va passar fou tan inexplicable.

De veritat va ser a causa de l'abric?

Esdevingué a la primavera, un parell de mesos després de la visita de l'Evelyn. Aquella primavera no va trobar ni una sola bala. Es recordava clarament d'aquest fet. Semblava com si tots els xicots, de sobte, haguessin deixat de jugar a bales. Ella tampoc hi jugava, però era perquè sempre ho havia fet malament. En canvi, les col·leccionava. Tenia una bosseta per a les bales que trobava, i en cada una d'elles hi posava la data en què la va trobar.

Era preferible que la primera bala que es trobés a la primavera, fos blava; aleshores ja sabies que només et passarien coses bones.

Després venien les verdes. El color groc també servia; encara tenies la sort de la teva banda, res dolent no podia passar-te. Les bales grises i marrons eren neutrals. D'elles no es podia esperar res especial, res de nou, tot continuaria igual, bé o malament. En canvi una bala roja era perillosa. Temptadora i perillosa. Mai no sabies el que t'esperava si la primera bala que trobaves a la primavera donava la casualitat que era roja. Després, ja se'n podien trobar de roges, però la primera havia de ser blava.

Era decebedor, aquella primavera no va trobar ni una sola bala, era com si fos una primavera sense anèmones boscanes.

Un dia, a finals d'abril, la mare la va cridar des del balcó:

—Fredrika, mira!

La veu sonava contenta, com si acabés de descobrir quelcom, i la Fredrika, que no pensava en res més que en les bales, hi va córrer.

Naturalment, ja s'ho podia esperar, la que pujava amb parsimònia l'escalinata, era la Madeleine Strand. Amb un abric vermell.

—Has vist mai un abric més bonic?

La Fredrika no va contestar i va entrar a l'habitació.

—Et fa falta quelcom que sigui nou —va dir la mare.

—No, no necessito res —va contestar la Fredrika—, i encara menys un abric; si per cas una jaqueta.

—Ja ho veurem —va dir la mare.

Després va semblar que ho havia oblidat. Però cap al tard, aquell dia, va telefonar des del consultori i li va dir amb un to alegre:

—Ara ja sé on van comprar l'abric de la noia Strand. Agafa l'autobús i ens trobarem a la porta dels establiments Linberg d'aquí a mitja hora. Veurem com et queda.

—No cal; de totes maneres no vull l'abric —va intentar de dir la Fredrika.

Però la mare va contestar amb impaciència que fins que no se l'emprovés no podia estar-ne segura. A més, també tenien jaquetes.

Per tant, la Fredrika va agafar l'autobús i es va reunir amb la seva mare. Pel que es veu, ella ja havia entrat a la botiga i havia fet separar l'abric vermell. La Fredrika va intentar inútilment de no emprovar-se'l. Li van posar l'abric i es quedà plantada enfront del mirall amb els braços penjant i la cara desolada.

—Apa, dona! Redreça't! —deia la mare—. ¿Has de semblar sempre un sac de patates?

La venedora reia i deia que l'abric era tan afavoridor que fins una paca de fenc faria goig.

Tenia una d'aquelles veus «comprensives» que es troben en algunes botigues i mentre simpatitzava amb la mare, somreia i feia l'ullet a través del mirall, a la Fredrika.

—Algunes noies no en saben de provar-se la roba —va dir. I va continuar assegurant que l'abric semblaria un altre quan la Fredrika no se sentís cohibida.

La mare va estar-hi d'acord. La venedora tenia raó. Llavors van discutir sobre la mida.

La Fredrika insistia que no volia un abric, que el que volia era una jaqueta i volia emprovar-se'n una.

—Són dues coses diferents —va dir la venedora—. Una jaqueta mai no pot substituir un abric.

—Però jo vull una jaqueta —va dir la Fredrika.

La mare va voler veure un abric d'una mida més gran i la Fredrika es va fer fonedissa amb la idea de buscar una jaqueta.

La venedora tornà amb un abric verd tot dient que ho sentia molt però que, per desgràcia, solament els quedaven abrics verds de la mida més gran.

—Quina llàstima! —va dir la mare tot pescant la Fredrika entre les jaquetes.

Aleshores, es va haver d'emprovar l'abric verd per veure si hi havia gaire diferència entre una mida i l'altra, perquè, si no n'hi havia, podia tanmateix quedar-se el vermell, ja que la mare el preferia.

—Jo prefereixo una jaqueta —va dir la Fredrika amb els braços penjant.

La mare li va tustar l'esquena.

—Espatlles enrere! Posa't dreta! —va dir bruscament.

La venedora va riure i va fer l'ullet a la Fredrika, «comprensiva», a través del mirall. La Fredrika va haver de fer un esforç per no fer-li llengotes.

—No sembla que hi hagi gaire diferència entre les dues mides —va dir la mare—, sobretot per la llargada. Prova't novament el vermell.

Apa! A treure's el verd i a posar-se el vermell!

—No, quasi gens —digué la venedora fent girar la Fredrika—. Prendran el vermell, aleshores?

—Em penso que sí.

La Fredrika es retorçava dintre de l'abric per demostrar el seu disgust, xiuxiuejant que no tenia intenció de posar-se'l mai. La mare s'arriscava en comprar-lo. I era molt car. La mare no acostumava a desprendre's de tants diners. Naturalment, era perquè se li havia ficat al cap la idea que la Fredrika podia assemblar-se a la Madeleine Strand. Això últim no ho va dir en veu alta, però ho pensava.

¿La mare no podia veure que aquell abric no li abellia? ¿Que la seva personalitat desapareixia quan el portava? No podia veure-ho, la seva mare?

No, al contrari: la mare pensava que l'abric posaria color a les seves galtes.

—El color vermell t'animarà la cara —digué.

—No vull res que m'animi la cara!

Però la mare estava de bon humor; feliç i decisiva. Aquest era l'abric i no cap altre. No hi havia res a fer. La Fredrika va quedar desfeta i es va rendir. Finalment la mare va adonar-se de la seva expressió trista.

—Que potser prefereixes el verd?

Cansada, la Fredrika va assentir. Si més no, va pensar, sempre és millor que l'abric vermell, ja que no hi ha manera que deixi de comprar-me un abric.

—Aleshores, ja està decidit —digué la mare—. Aquest altre també és bonic. Pots estar ben contenta.

Va ésser, doncs, l'abric verd enlloc del vermell, però encara era l'estil de la Madeleine Strand. El seu gust i la seva manera d'ésser. Això va ser suficient i va tenir conseqüències.

Un cas curiós s'esdevingué, encara que la Fredrika no se n'adonà fins molt temps després.

Ella, que havia caminat darrere de la Madeleine Strand tan sovint estudiant cada moviment perquè no volia córrer el risc de tornar-se com ella, s'havia oblidat d'una cosa.

La Madeleine Strand caminava ficant lleugerament els peus cap a endins; no es notava gaire, però feia que els seus passos tinguessin un petit balanceig. La mare no se n'havia adonat, sinó que pensava que era molt refinat i que li donava un toc molt personal.

La Fredrika, que prenia nota mentalment d'una cosa després de l'altra, havia trobat que:

El que feia amb el cap la Madeleine, ella no ho feia.

Ni amb les espatlles.

Ni amb res.

Però tan aviat com es va posar l'abric verd, aquesta pell aliena, va començar a caminar amb els peus cap a endins i a balancejar-se.

Ella no se'n va adonar, però la mare sí.

—Camines amb els peus cap a endins, per què ho fas?

Potser les sabates li anaven petites? Què passava?

La mare va investigar les sabates i els peus. Tot estava bé.

—No ho entenc. Abans no caminaves així! No ho facis més!

Però no és fàcil de deixar de fer una cosa quan no saps que la fas. No entenia el que volia dir la mare. Sí, havia notat que a vegades ensopegava d'una manera que abans no feia, però no sabia el perquè ni el com, i no podia fer res per evitar-ho.

Ni ella ni la mare sospitaren que la Fredrika imitava la filla d'Alderman Strand, aquest exemple brillant! L'exemple brillant trontollava quan caminava; quan ella ho feia era graciós, però quan ho feia la Fredrika era una desmanyotada.

Solament al cap dels anys, quan ja no es preocupava dels exemples brillants, ho va comprendre. Un dia, de sobte, es va adonar de com caminava la Madeleine Strand i va reconèixer que era exactament com caminava ella quan portava l'abric verd.

Que curiós!...

3

O POTSER no era l'abric, després de tot...

Si més no, l'abric solament, no... encara que era una teoria molt convenient. Van passar tantes coses en aquell temps!

En primer lloc la Fredrika no va ser l'única que va canviar. Quan hi pensava, recordava que, de sobte, a casa tot va canviar. Era com si hagués esdevingut quelcom després de la visita de l'Evelyn.

El cas de la mare era colpidor.

Un bon dia ja no podies dir-li «mare». Se l'havia d'anomenar pel nom i dir-li «Irma». Al principi ningú s'ho prengué seriosament, però ella ho exigia. De seguida se'n van adonar.

Era pel bé d'ells —deia—; era millor no acostumar-se a veure-la com la «mare», perquè hi havia el perill que se sentissin massa «lligats» o «manipulats». A part d'això, era igualment important per a ella, el no sentir-se limitada al paper de mare. Volia que se sentissin més «lliures» entre ells, i que ella també fos una «igual» entre els seus fills, no solament la «mare».

L'Evelyn ho havia fet així amb els seus fills; mai no li havien dit altre cosa que «Evelyn». Per això s'havien criat com cal i eren un grup obert i feliç.

La Florence estava d'acord amb la mare. En Philip

no deia res; solament arronsava les espatlles, però en aquell temps les arronsava per tot. A la que li va costar més, fou a la Fredrika; no li semblava bé, si més no, fins que va canviar el caràcter i ja no se'n va preocupar més. De llavors ençà, se sentia millor si enfocava les coses així.

El pare no opinava, més ben dit, no compartia les seves opinions amb els altres. A mesura que passava el temps, especialment després de la visita de l'Evelyn, demostrava menys el que sentia i pensava. El podien anomenar com els plagués i van continuar dient-li «pare».

El pare es deia Benkt, abreviació de Benedikt, que vol dir «beneït». Per desgràcia el nom no li esqueia gaire, no tenia gaire experiència pel que fa a benediccions.

D'altra banda, Irma volia dir «forta» i li anava com l'anell al dit, a la mare. Cada vegada era més i més forta. La Florence seguia el mateix camí, mentre en Philip s'anava tornant un busca-raons i desenvolupava una mena d'humor que consistia en escometre sempre la gent amb jocs de paraules, problemes idiotes i preguntes que ningú no podia contestar. Tant si en tenia la culpa l'Evelyn com si no, la Fredrika va poder constatar que n'hi havia d'altres a casa seva, que no eren igual que abans.

De totes maneres ella va ser l'única que, tot d'una, es va transformar en una persona diferent.

El canvi de la personalitat de la Fredrika ocorregué un dissabte, el tretze de maig de l'any 1972, a la porta del gran magatzem Köpmann. El sant del dia era Linnea. El sol va sortir a les 3,22 del matí i es va pondre a les 8,08 del vespre.

Havia estat un dissabte corrent.

Anava amb bicicleta pel carrer i portava l'abric verd. Havia fet un xàfec i ara el sol lluïa sobre l'aigua de la pluja que s'escorria per la claveguera.

De sobte, quelcom va brillar allà a terra i no era el reflex del sol sobre l'aigua. Va frenar la bicicleta i va mirar.

Una bala de vidre! La primera bala de la primavera, per fi! Estava a prop del xuclador de la cuneta, amb l'aigua arremolinant-se al seu entorn. Quina alegria! No tenia cap bala de vidre, no n'havia trobat mai cap. Aquesta tenia un dibuix violeta en espiral a dintre, es podia veure la torsió de l'espiral, ben endins del vidre...

Podria escriure la data en una bala de vidre? Potser la faria malbé. Bé, si ho fes posaria: 13/5/72.

Va passar la bala per l'abric i la va eixugar. El cor li bategava; era vertaderament feliç!

Aleshores va sentir una veu bonica i clara.

—No; la trobo ensopida...

La Fredrika va tenir un sobresalt. Va deixar d'eixugar la bala. L'alegria la va abandonar... Aquesta veu!

Sí que ho era. Davant de les vitrines del magatzem Köpmann, hi havia la Madeleine Strand i la seva mare. Discutien per una brusa. Es referia a la brusa quan deia que era ensopida. La Fredrika es va adonar que les paraules no tenien res a veure amb ella. Però aquella veu!...

Sovint havia sentit la veu de la Madeleine Strand en el pati de l'escola, però mai així: aïllada, clara i cristal·lina. Va ser com si la sentís per primer cop. La va colpir. Una veu tan superior a les altres! No és que fos arrogant o condescendent, era refinada com la mirada de la Madeleine Strand. Molta gent té els ulls blaus, però no d'un blau fascinant. Molta gent té veus boniques, però com la que la Fredrika acabava d' oir, tan límpida i directa, una veu que concordava amb la gran estima que la mare tenia per la filla d'Alderman Strand. Era impressionant de debò.

Sí, és clar, la noia era única. Un model. Valia la pena d'imitar-la. La mare tenia raó com sempre. La Fredrika havia de ser com ella.

Però no tenia sentit voler-ho intentar quan et faltaven els ingredients naturals; fóra més fàcil convertir un corc en una papallona.

No n'hi ha prou a decidir de transformar-se en Madeleine Strand, o en pretendre ser com ella. S'havia d'haver *nascut* d'aquella manera.

La Madeleine Strand i la seva mare van entrar a la botiga, però la seva veu romania en l'ambient com un bonic arabesc.

La Fredrika va obrir la mà i va mirar la bala de vidre. Va resseguir les línies de l'espiral amb els ulls; a les seves orelles encara ressonava la veu de la Madeleine Strand.

Va tancar de nou la mà amb la bala i va prémer ben fort fins que els nusos dels dits van empal·lidir.

—Sí! Sí que puc! Ho faré!... —va pensar.

La petita bala de vidre ben agafada dintre del puny! Ara n'estava segura.

No s'escarrassaria volent imitar «l'exemple brillant». No volia ser una pàl·lida imitació. En lloc d'això, demostraria que ella també era «algú». Es convertiria en «ella mateixa», per dir-ho d'alguna manera. Ja no aniria mig adormida pel món com acostumava a fer, sense tenir consciència de qui era.

Ara sabia exactament com havia de ser.

Va guardar la bala de vidre a la butxaca de l'abric.

Aleshores va veure la seva imatge reflectida en el vidre de la botiga Köpmann; per un moment va mirar amb atenció l'abric que recordava la Madeleine Strand, però que era d'un color escollit per ella.

El contingut també era completament diferent i únic.

Pujà a la bicicleta i s'allunyà ràpidament.

Des d'aquell instant va ser una persona diferent. Va començar a caminar i a moure's d'una altra manera, més ràpida i eficient. Tenia una mirada nova i veia i escoltava d'una manera més atenta i resolta. Principalment va canviar la veu. Aquella veu minsa, tremolosa, panteixant, que posava nerviosa la mare, va desaparèixer del tot i la manera de parlar, també. Abans parlava a poc a poc, ara va començar a parlar de pressa. Quasi trabucava les paraules, però sortien vives i amb força.

—Per fi s'ha despertat! —exclamava la mare.

—Sí —deia la Florence—, ara s'hi pot parlar.

—Depèn —deia en Philip— del que vol dir parlar.

De primer el pare no deia res, però el fet que no intervingués res, no volia significar que no hi pensés. Un dia, de sobte, li va repetir allò que li deia quan ella feia alguna cosa sense entendre-la:

—Trenta, quaranta... —va dir tot fent-li una ganyota.

Ella sabia de què anava. Es referia a quelcom que va passar quan estava a primer grau. Un dia va tornar a casa molt preocupada. Havia après una cançoneta: «Trenta, quaranta, ametlla amarganta, pinyol madur, vés-te'n tu!» Però comptava d'una manera que sempre li tocava sortir a la mateixa persona i aquesta era ella.

Tampoc comprenia que «anar-se'n» volia dir que havia d'abandonar la rotllana i que ja no jugava. Es quedava palplantada més i més enfadada, mentre tothom reia.

Quan va arribar a casa va provar de jugar amb el seu pare i li va passar el mateix. Sempre li tocava sortir a ella.

El pare va riure i li va dir:

—Comença per mi, ara.

Ho va fer. Va començar a comptar pel seu pare i va passar igual, sempre acabava havent de sortir el pare, en lloc d'ella.

Va estar a punt d'agafar-li una rabieta. On era la gràcia?

Aleshores el pare va repetir «Trenta, quaranta...» i li va explicar tot i com s'havia de jugar.

De llavors ençà, quan alguna cosa complicada sorgia que ella no sabia resoldre sola, però creia que el pare potser ho entendria millor, deien: «Trenta, quaranta...»

Més tard, quan ja no hi podia fer res, a la Fredrika li sabia greu no haver parat esment a l'opinió del pare sobre el canvi de personalitat. En aquell temps, però, estava tan interessada a canviar que no es va preocupar gaire del que pensava el seu pare.

No va gravar mai la data sobre la bala de vidre. Hauria estat inútil.

Dissabte: tretze de maig de l'any 1972. Sempre se'n recordaria.

L'hora: les 3,23 i 54 segons de la tarda.

Lluna nova.

4

EL FET era que cap d'ells es posava al costat del pare.

La mare i ell no s'entenien i de la manera com va anar tot, es van posar al costat de la mare perquè era la més forta. Pel que fa a la intel·ligència, la mare l'avantatjava. Encara que tinguessin opinions diferents sobre moltes coses, el pare també ho creia així i s'amotllava a les d'ella.

L'Evelyn, que captava de seguida la manera de ser de la gent, i que trobava la paraula justa per definir-les, havia dit que el pare era «un zero a l'esquerra». Va riure quan ho va dir, però la mare estava molt seriosa:

—Hi ha quelcom de veritat en el que dius —digué assentint pensarosa.

La Fredrika era l'única que no es posava de part de la mare i se'n sentia culpable. A vegades pensava coses horribles! Però quan la mare es va canviar en «Irma», ja no va poder evitar-ho.

L'Irma era tan *competent,* tan *desperta,* tan *capacitada* per tot! Una persona amb qui podies comptar en qualsevol situació. Era realment algú important, una persona de *qualitats poc corrents,* i no se'n trobaven gaire com ella. Sempre se'ls havia dit en quina estima tothom tenia l'Irma, com a professional i com a persona.

Per altra banda, ningú no deia ni una paraula del pare. La gent pensava que era més discret no parlarne.

En realitat tots pensaven que el pare no hi pintava res. Mai no hi havia pintat res. No tenia cap professió vertadera. Havia intentat algunes coses i no havia reeixit. En èpoques diferents, s'havia ficat en publicitat, música i altres oficis, però els resultats eren insignificants. Fins i tot havia provat de fer de mestre, sense èxit, «naturalment». Aquesta va ser la més prometedora de totes les coses, perquè aleshores podies dir que era un professor, però va durar poc, com és de suposar.

Passava la major part del temps rondant per la casa amb diferents projectes al cap. La idea era que s'ocupés de les feines de la llar: la compra, rentar la roba, preparar el menjar, etc. Però la mare havia de fer-ho quasi tot de nou, quan tornava a casa els vespres. Mai no s'enfurismava, però li deia el que havia fet malament perquè no ho tornés a fer i li recordava totes les coses que s'havia oblidat de fer. Desgraciadament no servia de gaire; no escoltava perquè tenia el cap ple de tantes altres coses! L'Irma demostrava tenir molta paciència amb el pare, pensava tothom.

Durant un temps va fer objectes de peltre. Eren bonics però no duraven gaire; hi van haver queixes a les tendes on els venia, se'n va cansar i va començar una altra cosa. Aleshores va fer catifes. Tota la casa anava plena de retalls de llana; n'hi havia pertot. La cuina i la cambra de bany estaven plenes d'esquitxos dels colors de tenyir. Tenyia la llana ell mateix a fi d'obtenir els matisos més subtils.

Amb les catifes va reeixir i va fer grans exhibicions, però en Philip va començar a esternudar i tenia els ulls vermells. Va resultar al·lèrgic, no se sap si a la llana o als tints, i el pare va haver de deixar de fer catifes.

Aleshores, es va dedicar a la música; tocava la trompeta en una orquestra. L'orquestra sovint assajava a casa i venia molta gent de tot arreu per escoltar-los. Va ser una època molt bona amb tanta gent que entrava i sortia cada dia, però era massa pesat per a l'Irma. Calia netejar-ho tot als vespres i no podia fer bé la seva feina, que al cap i a la fi, era la que mantenia la família. A més, no era bo per als fills que havien de fer els deures en aquell ambient, deia la mare. No sabien per què no era bo per a ells, però no van ser consultats i la mare hi va posar punt final.

Aleshores, el pare va perdre l'interès. Estava deprimit i no trobava res per fer. Ara que tenia temps, pensava la mare, podria ser més eficient amb les feines de la casa, en lloc de fer mala cara. Ell ja ho intentava però no ho aconseguia.

No era gens «actiu», segons la mare. I ell ho sabia. No era prou competent; també ho sabia. No era un *triomfador*! El pare deia que la mare havia de comprendre que no tothom ho pot ser.

La mare no ho veia així.

No era bo per a res, deia. Un mestre en l'art de desentendre's de tot.

No semblava enrabiada, quan ho va dir; ni li tirava en cara. Constatava un fet de la mateixa manera que hom pot dir una cosa innegable.

I el pare va callar. Se'n va anar i va ser fora durant dos dies. No havia passat mai i es van preocupar, però la mare s'ho va prendre amb calma:

—No us amoïneu —deia—, ja tornarà.

I va tornar. Havia anat a casa d'un dels músics i quan va tornar estava molt cansat. Es va ficar al llit i va dormir tot el dia a fi d'asserenar-se.

Per un temps tot va anar bé. L'Irma molts vespres era fora; seguia uns cursos i ells s'ho passaven molt bé amb el pare. No es ficaven al llit fins que l'Irma era a punt d'arribar.

El pare tenia molt bones idees durant aquell temps; va ser quan va començar a inventar jocs. La casa estava plena de tota classe de taulers i fitxes. Al vespre provava les regles dels jocs amb ells. En Philip era molt dotat per als jocs i ajudava a resoldre tota mena de problemes.

El pare tenia molts plans. Hi havia un escampall de paper mil·limetrat amb xifres i càlculs pertot. S'imaginava que podria fer diners amb els seus jocs, perquè faltaven idees creatives en aquest camp.

Estava segur de sortir-se'n. Semblava que seria un èxit i tots estaven molt contents però no deien res a la mare perquè seria una sorpresa. No li dirien res fins que el pare aconseguís un contracte i comandes.

Però els jocs tampoc van anar bé. Va passar un petit incident; la gota d'aigua que fa vessar el vas.

Feia dies que la mare volia que el pare tragués les escombraries, però no ho feia. Per tenir la seguretat que no se'n tornaria a oblidar, el pare va col·locar les galledes davant mateix de l'entrada, tres galledes grans plenes fins dalt.

Per desgràcia aquell dia la mare va arribar més d'hora que de costum. Obrí la porta i caigué just a sobre de les escombraries. De tal manera que tot va caure per terra: el marro del cafè, les fulles del te, les pells del formatge i coses així.

A la cuina, el pare i en Philip, junt amb un venedor de raspalls, estaven jugant. Necessitaven tres persones i com que ni la Florence ni la Fredrika eren a casa, quan el venedor de raspalls va trucar, el pare va comprar un parell de raspalls i el va convidar a beure cervesa perquè va resultar que li interessaven els jocs i no tenia pressa. El joc es desenvolupava esplèndidament. Tant en Philip com el venedor estaven entusiasmats. El pare va mostrar els càlculs financers que havia fet al venedor, que entenia de negocis, i aquest va trobar que eren realistes, fins i tot creia que podria fer més diners dels que s'imaginava. Per tant el clima de la cuina era d'entusiasme quan la mare va caure sobre les deixalles.

Si hagués arribat mitja hora més tard, no hauria succeït aquell desastre. Quasi bé havien acabat de jugar i el pare tenia pensat de treure les escombraries quan el venedor de raspalls se n'anés. Però els va caure el món a sobre.

La mare va perdre els estreps. Mai no havia passat. Tampoc no va millorar la cosa quan el pare, intentant recollir el marro del cafè, el va escampar pertot arreu. La mare li va donar una empenta.

—Encara ets aquí? —cridava fora de si.

Amb tota cura el pare va recollir una molla i la va assecar amb el mocador. Pensava que pertanyia a un secador de cabells que s'havia espatllat. Sempre estava a l'aguait de coses com aquesta, pensava que algun dia podien servir. La mare ja feia temps que n'estava tipa de les molles i aquell no era el moment més apropiat per trobar-ne una. Es va enfurir i va començar a tirar deixalles per sobre el pare.

—No vols guardar això, també? —cridava—. O això altre? Ets un escombriaire!

Aleshores, va arribar la Fredrika. No havia vist mai la mare d'aquella manera, però no va creure que fos res seriós. El pare estava dret en mig de la cambra, tot ple de deixalles per sobre, i feia un posat tan ridícul i despistat, que es va posar a riure. El pare no es va poder aguantar i va començar a riure també, content de la interrupció.

La mare es va aixecar a poc a poc de terra. Havia recobrat la calma. Tornava a ser ella, però la veu era glaçada quan va dir que ja en tenia prou:

—Puc encarregar-me de tres criatures tota sola —va dir—, però no, de quatre.

Esperava que el pare maduraria amb el temps, però ja veia que no hi havia res a fer. No en volia saber res, d'ell. No el podia suportar més, tot tenia un límit...

El pare va tractar d'explicar-se però ella no volia escoltar-lo. Va dir que ja sabia el que diria, sempre la mateixa història. Se la sabia de memòria. El pare era poc pràctic i infantil; això era extenuant.

—No, era la mala sort —va dir ell—, tota la vida l'havia perseguit, la mala sort.

Amb la mare era exactament el contrari, i per això no podia entendre'l.

—Ningú no té sempre mala sort —va contestar. Era culpa d'ell. Se la buscava. No se'n treu res de queixar-se de poca sort així que les coses no van gaire bé.

Va ser el final de tot. Ella ho va decidir així.

El pare no digué res, solament va caminar cap a ella amb els braços oberts, murmurant:

—Perdona'm!

Per segona vegada havia trepitjat la brutícia de terra i la mare es va girar d'esquena:

—Deixa'm en pau! —va dir.
No volia que la persuadís.
Sense cap més paraula, el pare se'n va anar.
Va ser el mes d'octubre del 1972.

NO ES VA VEURE CLAR si l'Irma volia ser tan obstinada com es va tornar. Al principi no ho semblava pas; potser tractava de fer més fàcil per als fills aquell període de transició. Si més no, els va dir que el pare estaria fora de casa per un temps.

Però per la Fredrika, d'ençà d'aquell dia, ella va ser l'Irma, de manera irrevocable, i no pas la mare. No ho deia de boca solament, sinó de tot cor.

L'IRMA va seguir endavant. Va reunir totes les coses del pare, perquè només hagués de venir i emportar-se-les. Ho podia fer mentre els fills fossin a escola, va decidir; era la millor manera.

Però no tenia permís d'emportar-s'ho tot. No pas tots els estris i molles. Ho va juntar tot i ho va pujar a les golfes. Es van quedar allà dintre de capses com un raig d'esperança per als fills, perquè si l'Irma hagués decidit que no tornés mai més, era lògic que hagués llençat tot allò a les escombraries. Tant en Philip com la Fredrika tenien aquesta esperança. Era l'única garantia que tenien: mentre aquells estris fossin a les golfes, hi havia esperança.

Les coses eren a dalt però el pare no tornava...

Adéu esperança!... No pots refiar-te de res. L'única cosa segura és un mateix i s'havia de ser fort, encara que no et diguessis Irma. Això sí que era segur!

No és d'estranyar que al pare les coses li anessin malament.

A TRAVÉS de converses que havia sentit durant molts anys, a través de paraules i mirades furtives, no era difícil imaginar-se com la gent veia el pare. Era el que se'n diu una nul·litat. Una d'aquestes persones indecises que no poden emprendre res tot sols, és a dir, sense la mare, sense l'Irma.

Era poc viril.

Era descurós i irresponsable.

Només pensava en ell i en els seus propis interessos.

Era com un infant que encara no ha deixat de jugar.

No era totxo però...

No tenia el cap a lloc.

Egoista.

Infantil.

Egocèntric.

Esgotador.

Sempre vacil·lant.

En una paraula: un perdedor.

Com podria viure sense l'Irma? Era impensable. Però allà ell...

—Esperem que els fills siguin uns vertaders «fills de l'Irma», que s'assemblin a ella i no a ell.

Primer dubtaven de la Fredrika, però havia millorat molt. Gràcies a Déu!

—Mentre sàpiga adonar-se de la mare tan meravellosa que té!

Tan remarcable, tan recta.

Tan sacrificada...

Se n'adonava?

Sí, la Fredrika ho sabia de sobres; un altre exemple a seguir! Però havia de ser sempre, més forta.

Va ser una bona cosa que la seva personalitat canviés quan ho va fer. Altrament hauria estat massa tard. Podia haver-ho deixat córrer i tornar-se com el pare: una inútil.

COM HI HA MÓN! Era «transitori», oi? Mai com ara no havia pensat tant en una paraula i volia descobrir què significava realment aquest mot. Transitori, quant de temps era?

L'Irma no li volia aclarir.

—Tot depèn...

—De què?

Del pare naturalment. Si no es proposava canviar i ser una altra persona, millor que no tornés.

Més tard potser es podria veure...

Actualment no suportava pensar en ell, la mare.

—Ho comprenc, Irma —va dir la Florence—. A vegades és necessari ser enèrgic i mantenir-se ferm. Aleshores s'adonarà que cal que es corregeixi.

Era terrible sentir la Florence, semblava un serial dolent de televisió. Cada cosa que deia havia estat «empaquetada i ordenada» per algú altre.

En Philip era millor. Ell també volia saber quan tornaria el pare.

—Encara no has canviat d'idea? —va preguntar a la mare.

—No sóc jo la que he de canviar, és el pare que ha de millorar —va contestar l'Irma.

Va refusar de discutir-ho amb ells.

Transitori no semblava un temps massa llarg, però podia prolongar-se i tornar-se increïblement llarg.

La Fredrika va preguntar-ho a un dels professors de l'escola fent veure que estava pensant en un problema de vocabulari. El professor li va dir que era difícil de precisar. El diccionari deia que significava «de curta durada, passatger». Sonava bé, però no era exactament el que volia saber.

—Pots posar-lo en una frase aquest mot? —va preguntar el professor.

No podia.

—Vol dir dintre d'un any? —la Fredrika va preguntar.

—Em sembla que no —va contestar el professor—. Penso que depèn del context. Segons el sentit, varia la situació. Entens el que vull dir? Cada vegada ho has d'esbrinar.

Sí, ja ho veia i aquest era el cas. El problema del context, o sia, de la situació de casa, era el que no es besllumava.

La paraula «transitori» podia voler dir qualsevol cosa. De sobte, la trobava pertot. Obria el diari i totes les columnes estaven plenes de «transitoris». La paraula sortia del paper imprès i l'envestia. Quan fullejava un llibre li passava el mateix. La paraula era pertot arreu, atreia la seva mirada, ni un sol «transitori» se li escapava, però no ho entenia pas més.

A vegades es tractava de segons, de minuts; a vegades d'hores, de dies, de setmanes, de mesos, etc. No hi havia cap norma.

En el seu cas, primer va ser un any.

Després, per sempre...

5

RECORDAR el pare era com mirar pel cantó equivocat d'un telescopi. Es veu tot molt clar però terriblement llunyà, com si ho veiessis al final d'un interminable túnel fosc; potser era perquè se l'havia mirat moltes vegades a través del forat del pany, quan no volia destorbar-lo, però es preocupava per ell, ja que ningú no ho feia.

Guardava uns quants records aïllats, quelcom misteriosos, del seu pare i no ho havia dit mai a ningú.

Eren escenes curtes, intenses, que havien esdevingut feia temps, abans de començar a anar a escola, abans que les coses comencessin a anar malament a casa.

El primer record l'havia oblidat per complet; no el va recordar fins que el pare va desaparèixer per sempre.

Eren sols a casa, ella i el pare. Ell estava assegut prop de la finestra fent alguna cosa. Ella estava estirada a terra, dibuixant. De tant en tant anava a ensenyar-li els dibuixos i li explicava el que significaven. De sobte es va adonar que el pare no l'escoltava. Aleshores, va deixar el dibuix i es va arraulir al costat seu. Va estar una bona estona així mentre ell li passava la mà suaument pels cabells, fins que li va dir:

—Mira el teu pare.

Va fer un pas enrere i se'l va quedar mirant seriosament.

El pare li va agafar les mans i li va dir:

—Una persona incompetent és així, veus?

—Ho veig.

Ell va assentir, somrigué una mica i murmurà:

—Pot ser bo que ho recordis...

Aleshores, la va asseure a la falda, la va estrènyer fort i xiuxiuejà:

—Però no ho direm a ningú. Serà un secret entre nosaltres, oi?

L'ALTRE RECORD estava fortament unit a la veu de la mare.

Era de nit, ben fosc a fora. Tothom dormia excepte el pare, que treballava sovint de nit.

La Fredrika es va despertar i no es podia adormir de nou. A vegades li passava. Llavors anava on era el pare i s'asseia una estona al costat seu.

Aquella vegada, però, la porta de la cambra de treball era closa i sentia la veu de la mare.

La Fredrika va posar el cap contra la porta, sentia la veu però no entenia les paraules. Rarament les entenia, les paraules, però sabia si eren tristes o alegres, mesquines o agradables o si hi havia una rialla en aquella veu.

Aquella vegada la veu només parlava i parlava. No podia endevinar de quin humor estava i per això no va gosar entrar. Semblava com si la veu parlés sensatament amb algú que no sabia entendre el que li convenia. La mare també tenia aquest to quan parlava amb els fills, a vegades, però no s'allargava tant.

La Fredrika es va ajupir i va mirar pel forat del pany. El pare seia al costat de la taula, mirava i remirava un full de paper blanc. Hi dibuixava. Va posar el full en front de la llum i se'l va mirar atentament. Tot seguit agafà unes tisores i retallà el que havia dibuixat.

Després ho va deixar a part i seia quiet amb les mans plegades sota la llum groga, mentre escoltava la veu que encara no parava de parlar.

L'endemà va donar el dibuix a la Fredrika. Una nina de paper que podia tancar els ulls. La va dibuixar amb els ulls closos, però si la posaves contra la llum, podies veure que tenia uns grans ulls blaus.

—S'assembla a tu —va dir el pare.

Però la Fredrika no tenia els ulls blau, oi?

—A vegades, sí —va dir ell.

No ho sabia, es pensava que eren grisos.

—No sempre —va dir el pare—, no ho són quan estàs excitada. Aleshores se't tornen blaus. Més que res la nina s'assembla a tu quan dorms.

—De veritat? Sóc així quan dormo? No ho sabia.

—Però jo sí —va dir el pare—. Sí que ets així.

—Com ho saps?

—A vegades vinc de puntetes i et miro —va dir ell.

—Quina llàstima! Si ho hagués sabut m'hauria despertat.

—No et sàpiga greu —va dir—, perquè aleshores no hauries sabut mai quin posat fas quan dorms. Cosa que poca gent sap.

—No ho saben —va continuar assentint diverses vegades— i és bo de saber-ho.

Llavors la va fer saltar enlaire i va riure.

—No ho direm a ningú, oi? —va dir—, la cara que fem quan tenim els ulls tancats? Serà un secret entre nosaltres, veritat?

Tenia tres o quatre anys, només. Feia ben bé deu anys d'allò.

Però encara conservava el dibuix. L'hi inspirava respecte. Sempre se sentia diferent i privilegiada quan es mirava la nina; sabia com era quan tenia els ulls tancats i dormia!

Ningú més no tenia un dibuix així.

ALGUNES EXPERIÈNCIES es tornen records punyents, però no pots estar segur que no siguin somnis.

Més tard la Fredrika no va saber si allò havia passat o potser ho havia somiat; va ser poc temps abans que morís el pare.

Estaven asseguts a la sala del primer pis.

L'Irma seia al sofà mirant el diari. La Florence i la Fredrika llegien un llibre. En Philip resolia un problema d'escacs.

De sobte es van sobresaltar; van aixecar el cap tots tres al mateix temps. La mare, no.

—Hi ha algú a baix —va dir en Philip.

Mirava l'Irma amb els ulls molt oberts.

—Mare, hi ha algú a fora.

Havia oblidat que no volia que li diguessin mare, que havia de dir Irma.

—Hi ha algú... —va repetir.

Però l'Irma girava els fulls del diari i no mirava a

ningú. Girava full darrere full sense aixecar els ulls, ni contestar.

—N'estic segur! He sentit uns passos com els de...

—Pst! —va murmurà la Fredrika—. Ara se senten a l'escala...

Per fi l'Irma va aixecar el cap, la mà que girava fulls s'aturà a mig aire, va arrugar el front i va mirar per la finestra:

—És fosc però brilla la lluna.

Va mirar el rellotge.

—Són quasi dos quarts de dotze... M'havíeu promès que aniríeu a dormir aviat, avui.

—Pst! Escolta!

—Hi ha algú allà fora.

—A aquestes hores, no! Cap al llit!

—Ha de ser el...

La Fredrika amb prou feines podia parlar. El cor li bategava tan fort! Però l'Irma s'aixecà, va apagar el llum del sostre i el de la tauleta. Tenia el front més arrugat que mai.

—Jo també necessito dormir. Prou per avui!

Va badallar.

—Però...

—No! Ja us ho he dit! No hi ha ningú!

I els va fer sortir de la sala.

Després la Fredrika, estirada al llit, tractava de sentir els passos al jardí. No podia sentir res perquè l'Irma es rentava les dents amb el raspall elèctric a la cambra de bany que quedava al costat. Se les rentava molt bé i molta estona, com sempre.

La Fredrika, del llit estant, escoltava amb atenció, però el raspall elèctric bloquejava qualsevol altre soroll.

El soroll era inexorable, implacable!...

Era a causa de la mena de raspall? El de l'Irma era dur, el d'ells era suau... No, no es tractava del raspall de les dents. La mare havia pres una decisió. La Fredrika ho sabia.

Quin soroll tan diferent pot fer la gent en rentar-se les dents!

Quina decisió havia pres?

La Fredrika estava inquieta. Va haver d'aixecar-se i anar fins a la finestra.

El jardí estava ple d'ombres i de la llum de la lluna. Va mirar bé totes les ombres. Cap no es mou. Cap no podia ser la d'ell.

La claror de la lluna és brillant, però tan freda!

Però el llum del carrer, a fora de l'entrada, lluïa d'una manera amical.

Ell va desaparèixer en la foscor?

No estava segura si va ser un somni...

O el record d'un somni.

6

ESTAVEN SEGURS que el pare volia tornar. Cada vegada que el veien els explicava com treballava i l'esforç que estava fent.

Però quan li deien a l'Irma, ella contestava que el pare sempre explicava coses així. Ell i ella no parlaven del mateix quan es tractava de feina. Per a ella era una cosa molt seriosa; per a ell, era solament un joc. No es podia creure el que deia, s'amagava darrere de paraules, com sempre.

Com podia dir això! Ella era la que xerrava sempre, a casa. De fet, el pare actuava amb molta reserva quan la mare tenia quelcom a dir. Gairebé mai no la contradeia.

—Ets injusta —va dir la Fredrika.

—No; potser tens raó en el sentit que el pare no té mai res a dir sobre temes importants. Jo, en canvi, parlo perquè la gent em comprengui, ell ho fa per amagar el seu pensament. Aquesta és la gran diferència! Per això es fa tan difícil una relació amb ell.

Això tampoc no era cert, perquè si ella no volia saber res del pare, els altres tres, sí. Fins la Florence. La Florence el criticava, a vegades, però era parlar per parlar. No tènia cap problema amb ell, s'entenien molt bé. El pare no era difícil de comprendre, si més no, per la Fredrika.

I això d'amagar-se darrere de les paraules...

Tots ho feien, més o menys.

La Fredrika ho feïa. Especialment amb l'Irma, i cada vegada ho feia més. També va descobrir que es podia amagar darrere de moltes altres coses: gestos, mirades, rialles, llàgrimes, etc. Per cada situació, automàticament, es podia representar un paper. Era millor no preocupar-se'n i no voler representar-lo abans de temps. Estar a l'aguait i anar fent.

Per exemple, podia fer veure que estava d'acord, sense estar-ho, només perquè l'altre continués xerrant. D'aquesta manera s'assabentava del que volia saber i actuava en conseqüència.

D'això se'n deia «ser fals». No era honest. Després es considerava poc de fiar i mentidera, però es va acostumar a sentir aquella sensació desagradable.

Va acabar pensant que, després de tot, era més fàcil ser falsa que no pas dir el que pensava o sentia. Si la Fredrika hagués dit la veritat, hauria tingut una lluita constant amb l'Irma.

Per aquest motiu, es va endurir.

Quan actuava amb naturalitat, la gent pensava que es donava importància o que era molt excitable. Ho va deixar córrer, ja que, si mai demostrava com era, li deien que feia «comèdia» o que era «afectada».

Era fantàstic! La trobaven falsa quan actuava tal com era; aleshores es va tornar falsa amb si mateixa, també. Van aconseguir que es trobés falsa quan en realitat era genuïna. No! No podia ser natural. No hi havia res pitjor. Per desgràcia.

I una altra cosa. Quan era petita i no sabia res de res, es pensava que la seva llar seria *La Llar* amb el Pare i la Mare, en Philip, i la Florence, per sempre. Passés el que passés a la resta del món.

Aquesta, però, era l'època bonica i fàcil d'entendre, abans que la mare fos «l'Irma» i el pare «un bo per a no res», abans que tots no fossin «iguals» i «lliures». En aquell temps no calia amagar-se de res i es podia ser un mateix.

Però ara, no.

No, mentre un pogués bandejar els altres.

—Nosaltres quatre —deia l'Irma—. Nosaltres quatre sempre estem units.

Quatre, és a dir, el Philip, la Florence, la Fredrika i ella, l'Irma.

El pare, no.

La cosa era clara.

Cada cap de setmana es planejava per endavant, a fi que estessin ocupats, no fos cas que comparegués el pare.

L'Irma procurava que estessin actius, que no els quedés temps per al pare.

Que no volia que anessin a casa d'ell, no ho deia clarament, però ho intuïen. Te n'adones, d'aquestes coses.

Sí, procurava que es divertissin. Podia imaginar qualsevol cosa interessant perquè aprofitessin el temps. En sabia molt. Volia que ho entenguessin tot, que se «n'adonessin», que estessin al corrent de les coses que passaven, segons deia. Les coses que a «ella» li interessaven, és clar. No li hauria agradat com pensava la Fredrika. L'hauria atemoritzat, però mai no ho va saber.

El resultat va ser una cursa darrere de qualsevol cosa que els pogués «ampliar» els coneixements. Certament ho va aconseguir. S'anaven tornant uns petits monstres intel·lectuals, inaguantables. Però ells no se n'adonaven.

L'Irma detestava l'estupidesa. Deia sovint que no podia aguantar la gent estúpida.

Tenia la idea que la gent corrent era poc o molt estúpida. No ho deia, però ho donava a entendre. La gent corrent no tenia «inquietuds» i se n'havien de tenir; cosa que no volia pas dir qualsevol inquietud, havien de ser «intel·lectuals». Per poder escollir les inquietuds adequades, s'havia de ser intel·ligent. La gent corrent no sentia la necessitat d'això, no eren intel·ligents, segons l'Irma. Llavors, eren estúpids!

D'això se'n desprenia que la seva família era quelcom excepcional. Menys el pare. Per això no formava part de la família, ja.

Desgraciadament, el pare era una persona corrent. L'Irma no ho deia però ho donava a entendre. Sinó, per què hauria dit que estava tan contenta perquè tenien la «seva» intel·ligència? ¿O que el talent provenia de la família de la «seva» banda? El pare de la mare era gairebé un geni, tant en idiomes com en matemàtiques.

No hi havia res de semblant, pel cantó del pare. Eren «bons artesans», deia l'Irma. Ho reconeixia amb condescendència. Els fills en treien la conclusió que era millor ser bo amb la ment que amb les mans.

—Eren «destres treballadors mentals» —va dir un dia el pare amb el mateix to de veu que feia servir la mare quan parlava de la seva família.

—Et penses que fas gràcia, oi? —va dir l'Irma.

—Això mateix —va dir el pare amb una mirada mig riallera, mig compungida. Amb aquella expressió tragi-còmica que tenia a vegades.

Els fills ho van trobar molt divertit i van riure amb ganes. A l'Irma no li va agradar. Se la veia alterada.

El pare no acostumava a dir coses enginyoses i

estava content, però també s'adonava que havia anat una mica massa lluny i li hauria agradat disculpar-se. Li era fàcil de fer-ho. A vegades massa fàcil. La Fredrika sovint desitjava que mantingués ferma la seva opinió.

En general, era l'Irma l'enginyosa. La Florence també era ràpida a replicar. En Philip i la Fredrika s'esforçaven tant com podien.

La gràcia era donar respostes ràpides i aclaparadores i fer comentaris intel·ligents. L'Irma gairebé sempre ho acceptava, per això era sorprenent que aquella vegada s'ho prengués malament. Ells podien dir-li qualsevol cosa, fins i tot, prendre-li una mica el pèl, mentre demostressin ser espavilats i enginyosos.

Sempre deia que estava orgullosa dels fills i que volia que ells se sentissin orgullosos de la seva mare.

No parlava del pare.

Sempre tenia la paraula «orgull» i «orgullós» als llavis. I aquestes paraules no definien el pare. «Tendresa» era la que li anava més bé. Una cosa molt diferent.

L'Irma mai no demanava tendresa. Sentia malestar quan topava amb el que ella en deia «aviciar».

El pare tenia un nom especial i secret per acaronar i abraçar amorosament, un mot que la Fredrika no deia mai en veu alta ni l'escrivia, que guardava dintre seu.

Durant molt de temps la Fredrika va donar moltes voltes sobre el problema dels sentiments; ¿quanta tendresa es pot demostrar a una persona?

Si havies de creure l'Irma, les persones intel·ligents no han de demostrar tendresa; no necessiten donarne, ni rebre'n.

Ara bé, si les persones intel·ligents no demostraven els seus sentiments, els que ho feien eren uns totxos.

Tanmateix, la Fredrika estava preocupada, tenia por de tornar-se un capsigrany, perquè... tenia tanta necessitat de ser acaronada!

Després va comprendre que el cap no pot distanciar-se del cor; si no tots dos deixen de funcionar.

Era evident que l'Irma encara no ho havia descobert.

Ara bé:

De l'Irma podies aprendre a saber i comprendre amb el cap.

Del pare podies aprendre a sentir amb el cor.

I d'aquesta barreja, esdevindries un tot.

Aquests dos, l'Irma i el pare, no s'assemblaven de res.

Per exemple, anar al museu o al teatre amb el pare era com un joc. Tant li feia saber quant instructiva era la visita, mentre s'ho passessin bé. Ho sabotejava tot, segons l'Irma. Sempre es posava nerviosa quan anaven junts.

Ells es divertien més amb el pare, però a vegades era més interessant anar amb la mare.

El pare començava a badallar i deia:

—Sabeu, això és molt avorridor. Busquem quelcom més divertit.

Aleshores se n'anaven corrents a veure dibuixos animats.

No hi havia res avorrit per a l'Irma. La preocupava aquesta falta d'iniciativa. Podia trobar interès en la cosa pitjor i la podia explicar de manera intel·ligent.

D'altra banda, allò que tenia de bell i meravellós, per exemple una pintura, podia perdre fàcilment el seu esclat, quan començava a explicar-la.

El pare podia tornar-li l'esclat, no dient gairebé res. Amb un senzill gest. El seu silenci podia transmetre sensacions esplèndides i corprenedores.

Sí; eren molt diferents, el pare i l'Irma.

Va aprendre a saber i comprendre amb l'Irma.

Amb el pare va aprendre a intuir i sentir.

Saber i comprendre pertanyia al que era interessant i profitós; el que podies expressar en paraules i mostrar-ho a la gent.

En canvi, les intuïcions i els sentiments era millor amagar-los.

Aquesta era la gran diferència.

Viure amb persones tan diferents a vegades resultava difícil. Mai se sabia quin dels dos tenia la raó.

Però el pare va desaparèixer per sempre, solament quedava l'Irma...

Podia haver estat més senzill, però no ho va ser.

No es va aclarir res.

Tot es va tornar tan silenciós... buit... solitari!

7

TOTS TENIEN PRESSA aquell matí de tardor. Anaven a esmorzar i rondaven per la cuina. Aleshores va sonar el telèfon.

L'Irma va córrer a contestar.

Va dir poca cosa i la veu sonava rara, però no en van fer cas.

Van començar a esmorzar.

Llavors ella se'ls va acostar i els va dir que hi havia hagut un accident. No acabaven d'entendre què havia passat. Deia tantes coses.

Estava dreta. Va ser l'única cosa que la Fredrika va notar perquè no ho acabava d'entendre i la posava nerviosa veure l'Irma dreta en lloc d'estar asseguda al seu lloc.

El que deia no ho captava; com si les paraules no tinguessin sentit. La Fredrika no tenia cap motiu per creure-les.

L'Irma continuava allí, repetint allò que havia entès malament. Una xerrameca innecessària.

Si almenys callés...

Però, per què en Philip començava a plorar? Què havia passat?

I la Florence? Tenia la cara pàl·lida, sense expressió, com un gran núvol descolorit.

Ep! també començava a plorar, ella!

Què deia la Florence?

La Fredrika es va haver d'esforçar per sentir-la.

—Ho sabia —deia—. Ho sabia. Ho sospitava!

Què sabia? Què havia sospitat, la Florence?

Per què no parlava clar i així comprendrien el que deia? Per què repetia sempre el mateix? I ara assegurava que ho *comprenia*...

El què?

Què els passava a tots? La Fredrika mirava de l'un a l'altre sense comprendre res. Es comportaven d'una manera tan estranya!

Fins que no va tornar a ser ella, dreta davant de la finestra de la seva cambra, no ho va capir.

No es movia ni una branca de la perera; l'arbre estava allà immòbil fred i negre. Però la caseta dels ocells que el pare havia clavat dos anys enrere, era d'un verd brillant i s'havia decantat una mica.

La va mirar intensament.

De sobte va sentir un gran dolor: el pare era mort!

JA NO HI ERA. Hi havia hagut un accident, però mai no van saber el que havia passat. No gosaven preguntar-ho.

Els tres sentien el mateix. Era un sentiment del qual no en podien parlar. Quan volien encetar el tema es tancava una barrera. No s'atrevien a mirar-se. Hi havia un silenci momentani i de sobte començaven a parlar tots alhora de coses diferents.

Escollien un tema que pogués eternitzar-se, que els fes riure, riure molt...

A vegades començaven a barallar-se. Podien discutir molt sobre petites coses; podien odiar-se sense saber per què.

Era com si compartissin una ferida enorme, una realitat lletja, invisible, dolorosa, que no els deixava tranquils i no volien admetre que era allí, una mena de culpa que cadascú es pensava que era d'ell o d'ella únicament.

L'Irma observava els fills.

Bàsicament no havien canviat.

N'estava segura.

En Philip potser semblava una mica més rebel... però era natural, era l'edat difícil...

Potser la Florence no era tan oberta com abans, no parlava tant amb ella, però això seria passatger.

I la Fredrika? Era la que s'ho havia pres millor... meravellosament... es controlava molt bé.

I pensar que l'Irma s'havia preocupat tant per ella!

Això demostra que hom no deu preocupar-se sense necessitat.

Tanmateix, ells sabien que podien comptar amb ella.

Segur; ells ho sabien. Tenien l'Irma!

Quasi cada nit, però, la Fredrika somiava amb el pare: que estava en perill, que estava malalt i que era molt desgraciat, rodejat d'enemics i de gent que li volia fer mal o bé que es moria. Però en els somnis sempre se'n sortia.

En els somnis sobrevivia.

Ella sempre s'havia despertat preocupada pel pare; ja hi estava acostumada. Sempre ho estava, de preocupada per ell. Però en despertar-se se sentia alleugerida i esperançada. El pare era viu! Havia triomfat, per fi! Tot aniria bé.

Ara, sempre tardava una estona en adonar-se que havia somiat.

Cada matí sentia el mateix dolor que havia experimentat quan es va fer càrrec que el pare era mort.

Era terrible! La deixava extenuada.

A vegades desitjava somiar que el pare era mort. Aleshores estaria preparada; no hauria de passar per la mateixa tortura de cada dia.

Perè també tenia somnis meravellosos...

En aquests somnis ella i el pare estaven junts. També hi havia mala gent, però en el rerafons; sabia que hi eren i que eren perillosos, però no li podien fer res. El pare i ella podien anar junts sense que els molestés ningú, cosa que no podien fer quan era viu. Eren feliços i parlaven de coses interessants. S'ho passaven tan bé junts! Com mai no ho havien fet en el món real.

Per això, pensava que aquests somnis la compensaven de tot el dolor que sentia després.

II

Del març
al juny del 1973

8

Sí? Sóc la Britt...

Després, silenci complet.

La veu que desapareix... sempre era així quan telefonava la Britt.

—Sóc la Britt, la Britt.

I cap més so, com si ja no hi hagués ningú a l'altre cap del telèfon.

Mai no sabia per què trucava. Mai no tenia cap missatge o tema de què parlar; telefonava i prou, s'identificava i esperava. Deixava que la Fredrika trobés un motiu de conversa. La Fredrika parlava i parlava, quasi sense alè, a fi de no tallar la comunicació.

La Britt era molt pesada. A vegades treia a la Fredrika de polleguera. Però mai no se li va ocórrer de desempellegar-se'n.

Per voluntat pròpia, sense consultar-ho, havia pres la Britt sota la seva protecció i d'aquestes coses és difícil de sortir-se'n. Fins i tot, a vegades, semblava que tot depenia de com li anaven les coses a la Britt.

La Britt havia anat a parar a les mans de la Fredrika com un feix. A voltes es preguntava com ho havia permès. Aleshores es deia:

—Com una mena de penitència, és clar, per haver-se tornat de sobte dolenta com un dimoni.

Potser ho havia fet perquè tothom veiés que també podia ser amable i bona, en el fons.

Per altra banda, també ho podia haver fet per tenir algú sota el seu poder. Així podia demostrar la seva superioritat i el seu domini i control. Tots tenim algú a qui hem d'empènyer, segons diuen.

Ningú amb dos dits de seny podia tenir cura de la Britt o d'algú com ella, si no era per motius egoistes.

Al principi no s'havia interessat gens per la Britt; tal com feien els altres alumnes de la classe. Ni hi havia parat esment.

Tots deien que la Britt era maldestre i avorrida; buida com la clofolla d'un ou. No era veritat. Era maldestre, però buida, no. Semblava com si estés absent. Per això posava furiosos a tots, però tampoc no la podien rebutjar.

La Fredrika mai no havia tingut una amiga íntima; com fou possible que la Britt ho esdevingués? Com va començar tot?

A la primavera del 73, abans que no morís el pare i un any després de canviar de personalitat.

Mai no havia estat massa interessada per l'escola, no pas més del que era necessari. Anava bastant bé i amb això s'acontentava.

Però al canviar de personalitat, va desitjar destacar-se cada cop més, a l'escola.

Tot i que no se n'adonava, sempre va ser molt ben considerada a l'escola. No era ambiciosa i, potser per això, havia despertat un cert interès. Els semblava una mica misteriosa, no s'adonaven que era tímida; pensaven que era reservada i volia estar sola. Alguns alumnes la trobaven interessant però ella no ho sospitava.

No va tardar gaire a ser la líder de la classe. Va ser tan fàcil que ella mateixa se'n va sorprendre.

Hi havia dues noies que competien en voler ser la primera. Els nois eren minoria i cap d'ells es destacava. Un d'ells era un busca-raons, per tant no comptava.

També n'hi havia un que es deia Kristian que a la Fredrika li hauria agradat com a cap de classe, però estava interessat en altres coses. Quedaven la Blanche i la Marta...

La Blanche feia impacte sobretot per la seva bellesa; era molt bonica i els seus vestits també. Havia viatjat molt; havia estat quasi pertot arreu amb els seus pares. També cantava bé.

La Marta sobresortia en tot, principalment en idiomes i podia fer caricatures enginyoses que tots admiraven, però a ningú li agradava ser el motiu d'un dibuix burlesc que corregués per tota l'escola. Per aquest motiu era considerada una de les millors a la classe. Ni la Blanche hi tenia res a dir, potser per temor a les caricatures (les belleses són persones molt sensibles).

Eren molt bones amigues, potser perquè es consideraven superiors als altres.

Semblava lògic que la Blanche i la Marta conspiressin contra la Fredrika quan va voler sobresortir, però no va ser així. No van fer cap resistència. Potser les va agafar desprevingudes, ja que l'atac va venir d'una direcció inesperada. O potser pensaven que era bo que les desbanquessin a ambdues al mateix temps, perquè no haurien de competir entre elles; competir entre amigues sol ser desagradable.

No va sorgir cap rivalitat, li van donar suport de seguida. Fins i tot semblava que ho desitjaven.

La Fredrika gairebé es va sentir decepcionada; no li hauria fet res d'haver de lluitar una mica per demostrar la seva força.

No va ser necessari. La van deixar fer. Va consolidar la seva posició amb pau i tranquil·litat. A l'últim ja controlava tota la classe, fins i tot els professors. Ningú no es va oposar a que fos líder.

Solament una professora, a vegades, la feia sentir insegura; oposava una resistència passiva i la Fredrika no sabia per què.

Tots els altres permetien que fes i desfés. Es deixava endur per l'ambició i sense adonar-se'n es va intoxicar amb tant poder inesperat. Al principi li agradava. Ella que sempre havia tingut por de cridar l'atenció, de sobte li va agradar que tots els ulls estessin fits en ella. Quan a classe es discutia quelcom d'important, ningú no s'atrevia a dir res, fins que la Fredrika donava la seva opinió.

Era excitant i particularment interessant d'intuir el que pensava la majoria i en el moment decisiu, proposar tot el contrari.

La confusió que produïa, les febles protestes que aixecava i que després rebatia per complet, li proporcionaven una satisfacció que la divertia molt.

No jugava net i ho sabia. Feia servir les tàctiques de l'Irma i de l'Evelyn de manera implacable. Es divertia fent que els altres se sentissin totxos. Era més fàcil del que pensava.

Li havien fet sentir tantes vegades que ella ho era, que sabia com fer-ho i quins eren els punts vulnerables de cadascú.

Bastant menyspreable tot plegat. Era estrany, però, que ningú no se li oposés. Quan algú ho feia, simplement donava a entendre amb un posat indiferent —la tècnica de l'Irma— que es necessitava un cert talent per adonar-se que s'era malapte.

Desgraciadament quan feia això, la Fredrika se

sentia menyspreable. Al mateix temps que triomfava, sentia una mena de remordiment al comprovar com era de fàcil dominar la gent.

Tant hi feia si tenies raó o no, la gràcia era expressar les opinions de forma contundent; i encara més important era aniquilar la personalitat dels altres i demostrar que la teva solament era la correcta.

Hi havia moments que s'estranyava que els altres no se n'adonessin. Per què la deixaven fer?

Quan va tornar a l'escola després de la mort del pare, va ser més implacable que mai. Un pensament desagradable l'assaltava. ¿La deixaven fer el que volgués perquè li tenien llàstima? ¿Ho feien veure, que se sotmetien a la seva voluntat? ¿A casa seva els havien dit que fossin amables amb ella perquè havia perdut el pare?

Aquesta idea era tan desagradable que no la podia suportar. La foragitava tan aviat com se li ocorria. Quan els havia demostrat feblesa? Llavors, no hi havia motiu perquè li tinguessin simpatia. Potser s'ho imaginava, però era sorprenent que ningú no se li oposés.

TOT ERA una comèdia!

Enganyava els professors per complet.

Altres alumnes de la classe eren més bons que no pas ella, però no es feien notar; no sabien fer-se valer; no sabien enganyar com ho feia ella.

La veritat era que fins els estudiants més intel·ligents consideraven que ella era la millor. L'admiraven i tot.

Per la seva banda els menyspreava una mica per no saber veure que ella era falsa i inconsistent quan dominava la classe. No estava contenta però era millor no pensar-hi. Preferia dedicar-se als altres. Als professors, per exemple.

Els feia ballar al so que volia. Si en podies dominar un, aviat els dominaves tots. Per començar, la gràcia era trobar la persona adequada. Un que portés la veu cantant entre els professors. Era preferible algú com ella, ja que entre els professors també hi havia intel·lectuals «esnobs».

El professor de geografia reunia aquestes condicions. Era una persona poc interessant però d'aquella mena que fan observacions que deixen atònit, que aixequen les celles i parlen amb un to irònic que fa que les persones tímides se sentin insegures.

Però aquest professor també se sentia indefens quan una alumna l'atacava amb les mateixes armes. La Fredrika va aconseguir fer-ne el que ella volia. Algú podia creure que se li enfrontaria. Res d'això. No s'hi atrevia.

Es va adonar del joc de la Fredrika i no li va agradar, però feia veure el contrari. Simulava que l'apreciava i convencé els altres professors que era excepcionalment intel·ligent.

Així va matar dos ocells d'un sol tret; va desarmar la Fredrika i va impressionar els seus col·legues demostrant que era l'únic que podia tractar amb una estudiant «difícil».

Molts professors la trobaven pretensiosa i inaguantable, però no ho manifestaven. Era tan «ben dotada»! Amb tot, la victòria relativament fàcil de la Fredrika entre els professors es produí en bona part a causa de l'opinió del professor de geografia. Aparentment existeix una mena de francmaçoneria fins i tot entre els intel·lectuals «esnobs».

La Fredrika ho veia clar. Es divertia i ho detestava al mateix temps, i naturalment, se n'aprofitava, tot i sabent que era insuportable.

Tanmateix hi havia un aspecte d'ella que ningú no coneixia. Feia els possibles per amagar-lo perquè l'esglaiava.

El seu poder d'imitació era tan gran que fins podia transformar-se, temporalment, en la persona amb qui parlava. Podia transformar-se en qualsevol persona. Era una espècie de camaleó-ameba. Un creuament entre un camaleó i una ameba.

Era al mateix temps dolorós i molest. Quan estava davant del professor era com si captés involuntàriament el que pensava, no és que pogués llegir el pensament, sinó que automàticament adquiria la seva intel·ligència o la seva falta d'intel·ligència; la manera de raonar o d'expressar-se; fins i tot l'edat que tenia!

Era com una infecció que s'encomanava. La Fredrika havia d'estar a l'aguait i no imitar les veus i els gestos perquè aleshores creurien que se'n burlava i no era això. Al contrari, lluitava per no fer-ho. Però no ho podia evitar. S'havia tornat una imitadora total.

Amb l'única persona que no li passava era amb aquella professora que la feia sentir-se insegura i que no es deixava impressionar. La Fredrika no endevinava mai els seus pensaments i sentiments i la Fredrika continuava sent ella mateixa amb la seva manera de pensar i la seva edat. Això la tenia confosa. No podia ser! Ella que estava tan convençuda del seu poder!

Dels seus companys, per altra banda, se n'havia d'apartar o es trobaria de sobte arrossegant els peus com si portés unes botes grosses només perquè el company que anava amb ella, en portava. O podia sentir el pes de les trenes i moure el cap com si en portés, si per casualitat parlava amb algú que en duia.

A vegades es preguntava si tenia personalitat o no en tenia.

Quan era petita se sentia, a vegades, com el vell que trobaven pel carrer; era, doncs, una tendència innata que quan va canviar de personalitat va empitjorar.

A fi que ningú no se n'adonés, cada cop representava més papers i deixava de ser ella mateixa.

De tant en tant se sentia molt sola i desitjava treure's de sobre aquests personatges que representava sense voler, a fi de tornar a recobrar la seva pròpia personalitat.

Per això mai no havia tingut una amiga íntima; li hauria produït una tensió excessiva.

Podia controlar un grup o tota la classe sense esforç, però no una persona sola. Tenia la impressió desagradable que si mai tenia una vertadera amiga, aquesta acabaria per dominar-la.

Ho sabia per experiència; per casa seva. Tan aviat com estimes una persona, t'hi identifiques i et sents indefens. S'ha de ser molt fort per no sentir-se'n.

Si més no, més fort del que ella podia ser.

Aquesta era la situació quan la Britt, inesperadament, va creuar-se en el seu camí.

9

ELS PROFESSORS havien posat la Britt a primera fila; temien que si no la tenien als nassos, s'oblidarien d'ella. I no anaven errats; no costava gaire de passar per alt la Britt. Tot i el lloc prominent que ocupava, gairebé no la notaven mai; només quan se'n burlaven.

Des de la taula del professor, no es podia veure altra cosa que un cap endinsat entre les espatlles fornides, l'una més endavant perquè recolzava el cap en l'altra. També es veien dos braços robusts que topaven amb tot. Això era el que veien els professors de la Britt, en especial quan pensaven interrogar-la.

La resta de la classe solament li veien el clatell i l'esquena, mai no s'atrevia a girar-se o a posar-se de mig costat.

Seia com si l'haguessin clavat al seient. Quan sortien al pati, desapareixia i ningú no es preocupava d'on anava. En general s'amagava en un dels lavabos. Els nois deien que tenia la bufeta un xic fluixa. Tractaven d'empipar-la a base d'això, però no van aconseguir mai de treure-la de polleguera. Era un cas de «zero absolut», no reaccionava amb res.

Algun professor va intentar riure-se'n. Un d'ells, el d'anglès, actuava exagerant l'educació, s'inclinava i s'excusava pel fet de destorbar-la amb les seves preguntes. No era gaire graciós, però era una persona amable que no volia ferir-la, sinó més aviat fer-la somriure. Una broma amical, però era perdre el temps, la Britt ni tan sols se n'adonava.

Tenia una veueta ridícula i feia vibrar les erres perquè havia viscut molt de temps a Dinamarca.

Tant hi feia que contestés bé o malament o que no contestés res, tota la classe començava a riure dissimuladament així que li preguntaven; era una rialleta poca-solta, sense motiu. Ja ho tenien per costum. Com que no reien obertament els professors ho passaven per alt, potser per no cridar més l'atenció sobre la «pobra» Britt. Ella ja hi estaria acostumada a les rialletes. Ningú no enganyava ningú.

La Fredrika també reia sense fer-hi esment, però un dia va deixar de fer-ho. No per consideració a la Britt, sinó perquè aquella rialleta no tenia ni cap ni peus. No comprenia com no se n'havia adonat abans. Va parar en sec de riure-se'n i va fer que tots se n'adonessin.

La primera vegada no va fer efecte. Solament la Blanche i la Marta s'hi van fixar. Potser en Kristian també ho havia notat, però ell no reia mai. Era l'únic que no es burlava de la Britt i tot el que feia era tan natural que ningú hi parava esment. Excepte la Fredrika, potser, però estava tan preocupada pels seus afers, que s'adonava del que feia en Kristian, a misses dites.

Després se li va ocórrer que li hauria agradat saber el que pensava ell i com havia reaccionat.

Tanmateix, a poc a poc, els altres van deixar de riure quan preguntaven a la Britt. Encara se sentia alguna rialleta aïllada d'algun despistat, però al final tots van callar.

Com de costum, la Britt no va dir res. No havia reaccionat davant de les rialletes i ara no reaccionava davant del silenci. A la seva manera, era coherent. Romania inaccessible com sempre i van oblidar-la per complet. Va passar més inadvertida que mai, ara que ni tan sols se'n burlaven.

UN BON DIA a principis de la primavera, al març, encara hi havia neu per terra, la Britt va anar a l'escola amb un abric igual al que portava la Fredrika, la primavera passada. L'abric que li havien obligat a portar i que podia haver influït en el canvi de personalitat. El seu encara estava penjat a l'armari. Era massa aviat per portar-lo.

La Fredrika anava camí de l'escola quan va veure la Britt que avançava lentament. Quina visió més grotesca! La Britt també, amb l'abric verd! Precisament la Britt!

La Fredrika es va aturar, no sabia si riure o plorar. La Britt s'acostava i quan va veure la Fredrika es va parar un moment i va fer un viratge brusc per creuar a l'altre cantó de carrer; després es va repensar i va anar cap a l'entrada de l'escola on hi havia la Fredrika de peu dret.

No era així, però semblava que la Fredrika esperés la Britt i aquesta s'ho devia pensar.

Ara era massa tard per anar-se'n i quan la Britt es va aturar en front de la Fredrika va succeir un fet estrany.

La Fredrika va esclatar a riure. No un riure burlesc, sinó una rialla franca. Es va sentir eufòrica. ¿No era absurd? Tres persones amb el mateix abric i quines persones!

La filla d'Alderman Strand, la Fredrika i la Britt Svensson!

—Què diria l'Irma?

—Què les podia unir a totes tres?

Li va costar de controlar-se, no volia riure a la cara de la Britt, però no va poder evitar el somriure.

—Oh! —exclamà. La Britt no s'immutà.— Portes un abric igual que el meu.

Aleshores la Britt es va tornar vermella.

Havia *reaccionat*...! La Fredrika estava sorpresa i al mateix temps tan contenta que la va agafar pel braç:

—T'agrada?

La Britt encara es va envermellir més.

—Estava rebaixat —va dir temerosa.

—De totes maneres és el mateix abric —digué la Fredrika—. ¿No et recordaves que jo en tenia un d'exacte?

La Britt mogué el cap.

—Sí —murmurà.

La Fredrika se la quedà mirant.

—Vols dir que el vas comprar per això?

La Britt va assentir amb la cara roja.

La Fredrika se la mirà estranyada. ¿Havia comprat expressament el mateix abric? Primer cregué en una coincidència. Recordava com havia lluitat ella, per no tenir el mateix abric que la filla d'Alderman Strand.

—Va ser idea de la teva mare, oi?

La Britt mirava a terra, movia els peus i negava amb el cap.

—No ho va ser?

La Fredrika no sabia què dir. Tot era tan ridícul!

Volia anar-se'n però la Britt se la mirava de manera suplicant. Ja no estava vermella sinó més aviat pàl·lida.

—El volia tenir —barbotejà molt baixet.

La Fredrika va estar a punt de deixar anar un impertinent «per què?», però l'expressió de la mirada de la Britt ho va evitar.

Ambdues es van mirar per un segon. Aleshores la Fredrika va fer una cosa que no havia fet mai a la vida. Va passar-li el braç per les espatlles i van entrar juntes a l'escola.

Un grup de companys entraven al mateix temps. No podien creure el que veien. Van xiular amb intenció i van dir ximpleries.

El primer impuls de la Fredrika va ser de deixar anar la Britt i seguir la broma. Ja anava a treure el braç quan per segona vegada es va aturar en veure el posat de la Britt. No sabia el que era, però va adonar-se que deixar-la hauria estat roí.

Va posar amb més força el braç pel coll de la Britt i va travessar així tot el pati de l'escola, ple de badocs. Alguns d'ells va intentar barrar-los el pas i fer broma, però van desistir tot seguit. La mirada furiosa i el caminar insolent de la Fredrika els va desconcertar. Es van adonar que passava quelcom que no comprenien. A més, la Britt portava l'abric de la Fredrika! Era millor no ficar-s'hi!

Més tard, a classe, la Britt seia com sempre amb el cap amagat entre les espatlles, però quan cridaven la Fredrika, tan aviat com el professor deia: «Fredrika», es tombava i somreia. Després tornava a amagar el cap. Era sorprenent!

Durant el descans no va desaparèixer com solia fer. Es va quedar al pati amb l'abric verd posat i el cinyell penjant, mig descordat. Els ulls no s'apartaven de la Fredrika.

La Fredrika feia veure que no se n'adonava. La situació era nova per a ella; sentia que s'escapava del seu control. S'esforçava per no mirar cap a la Britt.

Què volia? Què esperava d'ella?

Què significava l'abric?

I aquella mirada rara. Què volia dir? Indefensió?

Fos el que fos, calia evitar-la, no mirar-la quan es tombava a classe i allunyar-se d'ella durant el descans.

Per força se'n cansaria... La Fredrika no apreciava les persones que demanaven ajuda. Això havia de quedar clar des del principi.

Van passar dos dies més. La Britt persistia. La seva forma de tombar-se a classe tenia quelcom de definitiu. I en el pati era com la torre del joc d'escacs, seguia la Fredrika pertot arreu.

També va començar a anar al darrere de la Fredrika quan tornava a casa. No s'atrevia a posar-se-li al costat. La seguia devotament a curta distància, però prou a prop perquè pogués sentir les seves feixugues passes.

També apareixia quan anava a escola. Com que vivien en el mateix barri, ja s'havien trobat alguna vegada, però no feia notar la seva presència. La Britt passava desapercebuda, però tampoc no era una humil violeta i la Fredrika sentia intensament la seva presència. Potser perquè s'havia tornat tan sensible; el cas és que s'adonava que la Britt ara la seguia.

Finalment no va saber què fer. No aconseguia treure-se-la de sobre. Tenia tot el dret de passar per on volia en anar a escola. I si volia anar dos passos més enrera que la Fredrika no hi podia fer res. La Fredrika sentia contínuament les seves passes i notava la seva mirada clavada a l'esquena. Si la pogués tenir al davant com feia amb la Madeleine Strand en altres temps, la controlaria. Amb la Madeleine va ser possible, però amb la Britt, no.

Un cop va aturar-se deliberadament davant d'una vitrina, perquè la Britt li passés davant; la Britt es va parar immediatament enfront d'una altra botiga. No es va atrevir a aturar-se davant de la mateixa vitrina perquè deuria creure que la Fredrika no volia companyia en anar a escola.

Per què no ho deixava córrer?

Naturalment a classe tots varen notar que la Britt anava darrere de la Fredrika i que aquesta tractava d'evitar-la. A fi d'ajudar-la, van intentar molestar la Britt. Va ser pitjor. La Fredrika va creure que s'havia de posar de part de la Britt, encara que era insensat perquè ja no se la podria treure mai més de sobre! Sense gaire convicció, va dir que no la molestessin més; després, va deixar que fessin el que volguessin.

Va passar tota la setmana. I el dissabte. I el diumenge.

El dilluns la Britt no va comparèixer a l'escola.

No havia passat mai. La Britt no estava mai malalta. Encara que no es destacava, a l'escola seia sempre al seu lloc, setmana darrere setmana. Per això la seva absència va causar una certa commoció.

Li havia passat quelcom? La Fredrika estava irritable i molesta. Deia que els altres en tenien la culpa. No l'havien d'haver turmentat. Podia arranjar-se sola, ella, sense l'ajuda d'ells. Va rebutjar futures interferències. Sabia el que es feia.

El dimarts la Britt continuava absent.

Quan el dimecres tampoc va comparèixer, la Fredrika va decidir portar-li els deures a casa.

10

MOLTES CAMIONETES de repartiment que circulaven per la ciutat portaven el nom de Julius Svensson. Era el pare de la Britt; propietari d'una gran empresa. L'avi i el besavi, anomenats Julius Svensson, també, havien estats comerciants a l'engròs, però ara ja eren morts.

La Fredrika havia sentit a dir que el pare de la Britt era ric. Ho va comprendre quan va veure la casa en la qual vivia. Era una casa antiga, enorme, construïda pel primer Julius Svensson.

La casa estava situada en el mateix barri que la de la Fredrika, uns carrers més enllà, i per això la Britt podia seguir la Fredrika en anar a escola. Hi havia camins més directes; per tant, si la Britt la seguia era perquè volia. Això era el que pensava la Fredrika tot caminant quan portava els deures a la Britt.

La casa de Julius Svensson estava rodejada d'un mur de pedra molt alt amb una porta petita, poc acollidora. Semblava feta per foragitar la gent en lloc de deixar-la entrar. Feia que t'ho pensessis dues vegades abans de trucar el timbre. La Fredrika no era tímida, però li va costar de fer-ho. Immediatament va començar a lladrar un gos, lladrava d'una manera llòbrega i horrible i no va parar fins que no es va obrir la porta.

Una minyona de certa edat, amb un elegant uniforme blanc, va obrir i va preguntar què volia. La Fredrika va explicar el motiu de la visita i la va fer entrar.

Un passatge amb sostre de volta i sense finestres, unia la paret de pedra amb la casa. Les petjades ressonaven. Fins les petges d'un gat s'haurien sentit. L'aire feia olor de resclosit i li va semblar que entrava en un vell castell.

La Fredrika va començar a pensar on dimoni s'havia ficat.

La minyona li va dir que seiés en una cadira de l'entrada i esperés. L'entrada era molt gran amb un mirall gegantí a la paret.

La cadira era dura i molt alta. Havia d'anar amb compte de no recolzar l'esquena al respatller, perquè era dur i amb figures bonyegudes de fusta, esculpides. Semblaven serps. Recordava el tron d'un viking. Se sentia malgirbada i abatuda. No arribava amb els peus a terra i se li van començar a refredar.

La Fredrika movia els peus d'ací d'allà per escalfar-los i també per moure l'aire. No va servir de gaire. No havia vist mai res tan mancat de vida; mobles vells, pesants i estranys com si fossin per a déus o per a gnoms i no pas per a humans. Les catifes eren de colors foscos i tristos, amb dibuixos tan rars i intrincats que marejava de mirar-los, però eren gruixudes i flonges; els peus s'hi enfonsaven i no es feia soroll en caminar-hi.

Es va sobresaltar quan va aparèixer, de sobte, la Britt.

Primer la veié pel mirall. Estava dreta i amb una mà es tapava el nas d'una forma poc natural.

La Fredrika saltà de la cadira i anà cap a ella.

—T'he portat els deures —digué.

La Britt va continuar davant del mirall mirant la Fredrika com se li acostava. Tenia una mirada estranya que la Fredrika no entenia. La Britt va moure el cap però no treia la mà del nas.

—Et surt sang del nas?

Tornà a moure el cap i s'apropà al mirall traient la mà de la banda contrària on era la Fredrika i observà el seu nas.

La Fredrika s'acostà de puntetes i donà una ullada. El nas de la Britt era tot vermell i inflat.

—T'has fet mal? —preguntà.

Era difícil no riure's d'un nas com aquell. Sobretot perquè havia imaginat tota mena de raons tràgiques que havien fet que la Britt no tornés a l'escola. Tot plegat era a causa d'un nas vermell!

La Britt no contestà. Es mirà al mirall trista i desemparada; el mirall més fantàstic que no hagués vist mai la Fredrika. Era un mirall que lluïa com les aigües verdoses d'un llac encantat. El marc era de vidre i consistia en cents d'ocells i flors de tots els colors de l'arc de Sant Martí. Era la mena de mirall a través del qual deuria passar l'Alícia per arribar al país de les meravelles. La Fredrika somreia quan se li va ocórrer pensar això.

La Britt no era pas Alícia en el país de les Meravelles.

Ara es tornava a tapar el nas i mirava tímidament la Fredrika.

Aleshores aquesta es va acostar tan a prop que la podia tocar i li va treure la mà de la cara amb tota cura.

—Què t'has fet al nas? —va preguntar encara somrient.

La Britt es veia atuïda. Havia pres el sol tot el dissabte i tot el diumenge però enlloc d'emmorenir-se el seu nas es va tornar com una maduixa.

—Has d'evitar el sol, doncs —digué la Fredrika.

Sí. La Britt ja ho sabia. Però la seva cara rosa pàl·lid com la d'un porcell, es veia tan lletja amb l'abric verd, que havia decidit colrar-se una mica a fi de millorar-la.

—M'agradaria tenir el teu color de pell —va sospirar francament la Britt.

La Fredrika es va posar en guàrdia. ¿No en tenia prou amb l'abric? ¿També volia tenir el seu color de pell?

—Em sembla que no podem desfer-nos de la nostra pell —digué.

—De debò? —preguntà la Britt molt trista.

Va donar una ullada al seu nas:

—Brilla com una tulipa vermella —digué—. I no m'agraden les tulipes.

Es veia tan desesperada que la Fredrika no es va aguantar més i va esclatar a riure, no tant pel nas de la Britt que era fantàstic, com per tota la situació realment absurda.

La Britt la va mirar poc segura i interrogant. Per què reia? Però la cara se li va il·luminar de sobte, li van tremolar els llavis i també va riure.

Un riure forçat; semblava que no hi estava acostumada. La Fredrika tenia por que no se sentís ferida, però la va veure contenta i una mica sorpresa.

Quan va parar de riure la Fredrika, la Britt també va parar en sec. Es van mirar de front una mica desconcertades.

Desconcertar-se! Vetací una experiència poc usual en aquell temps per a la Fredrika. Abans de canviar de personalitat, tot sovint es desconcertava, però mai no s'hauria imaginat que la Britt pogués aconseguir-ho, ara. Li va somriure.

—Tu sola en tens la culpa —va dir—. Ningú no ha de voler tenir la pell d'una altra persona; si ho intentes, el que aconsegueixes és un nas vermell.

La Britt va fer una rialleta, va donar una altra ullada ràpida al mirall i va dir que a la cuina hi havia suc de maduixes.

—Suc de maduixes! —digué seriosament—. T'agrada?

—Depèn —contestà la Fredrika—. És fet a casa?

La Britt semblava una nena petita. Estava excitada. Mirava guerxo quan tractava de veure's la punta del nas. Va fer una rialleta ximple i va dir que el suc no era fet a casa, que l'havien comprat a l'adrogueria.

—Està bé, m'agradarà de prendre'n una mica —digué la Fredrika.

Tenia un any menys que la Britt, però se sentia com una persona gran i perplexa que no està acostumada a tractar amb canalla, però ho fa el millor que pot i està contenta quan pot reeixir.

Va seguir la Britt a través de la gran casa. Passaven per cambres i més cambres fosques i deshabitades. Hi havia pertot mobles convencionals i pesats i cortinatges també pesants i rígids.

Tot estava immòbil, com si també l'atmosfera fos morta. Recordava les tombes dels faraons. El mobiliari semblava que esperés que el fessin servir les mateixes persones que se n'havien servit en altres temps. Unes vides avorrides que no podien reencarnar-se enlloc més.

No hi havia ni un racó amable i acollidor. Totes les portes només servien per a tancar, no pas per a obrir.

A més dels pares i de la Britt, a la casa, hi vivien una cuinera i una cambrera. La Britt va dir que les cambres del servei eren a l'últim pis.

No es veia ningú. Tota la casa era silenciosa i buida.

La Britt va servir el suc a la cuina. Se la veia atemorida mentre preparava les coses en una safata d'argent. L'armari de la cuina era alt i es va enfilar dalt d'una cadira per abastar el pa i la capsa de les galetes.

Va agafar pa i unes quantes galetes de gingebre de la capsa, per a ambdues.

—La capsa de galetes és quasi plena —va dir arriscant-se a agafar-ne dues més.

Titubejava, desorientada, de dalt estant de la cadira, davant de la capsa de les altres galetes ensucrades. No es va atrevir a baixar-la. La va obrir amb precaució, va comptar les galetes assenyalant-les amb el dit, mentre se la veia pensarosa.

—Pastissets de confitura —va confessar a la Fredrika, que estava dreta per ajudar-la a baixar—. N'hi ha dotze exactament; si en traiem quatre...

—En quedaran vuit —va dir la Fredrika.

—Sí —va dir la Britt—. És clar...

—La veritat, no tinc gana —va dir la Fredrika.

—N'agafem dos, només?

—No crec que en vulgui cap. Ja tenim les galetes de gingebre.

La Britt es va tocar el nas vermell, pensarosa.

—Definitivament menjarem pastissets de confitura —va dir—, però...

I els va comptar de nou.

—No cal —va dir la Fredrika—, a casa no en mengem mai.

Era veritat, a l'Irma no li agradaven les coses dolces. Feia unes observacions que van demostrar a la Fredrika que la gent «intel·ligent» no menjava coses dolces.

El pare sovint feia pastissos i postres boníssims quan l'Irma no hi era; però quan ell va desaparèixer, es van acabar les coses bones i els dolços.

—Pobreta! —va dir la Britt. Es va emocionar tant que per poc cau de la cadira—. És la cosa pitjor que he sentit mai; agafarem tres pastissets de confitura per a tu i un per a mi.

—No! No! —deia la Fredrika—. N'hi ha prou amb les galetes de gingebre.

Però la Britt movia el cap amb força. Va comptar novament els pastissets i va decidir:

—Un per a tu i un per a mi.

Els va donar a la Fredrika i va tancar l'armari.

—No hi ha gaire diferència entre deu i dotze —va dir a fi de convèncer-se a si mateixa—. A més, es poden pensar que s'han equivocat. És millor que en quedin bastants a la capsa, potser ni se n'adonaran.

Encara era dalt de la cadira quan deia tot això.

—Què en penses tu? —va dir a la Fredrika.

—No t'hi amoïnis —va contestar aquesta—. Que no penses baixar?

—Sí —la Britt va saltar de la cadira amb poca traça—. Han de saber quants pastissos i dolços hi ha —va continuar dient—. Mantenir una família és tan costós avui dia!

Va sospirar.

—Sí, avui dia la vida és molt cara... —digué la Fredrika.

—Això mateix —replicà la Britt.

La Britt agafà la safata i es dirigí a la seva cambra amb la Fredrika.

—Era diferent en els temps dels venedors a l'engròs —digué.

—Vols dir el teu avi? —preguntà la Fredrika estranyada que al seu avi el tractés de «venedor a l'engròs».

La Britt s'arronsà d'espatlles.

—... O potser el meu besavi —afegí.

—Ah, sí! —digué la Fredrika—. Tots es deien Julius Svensson, oi?

—Sí —posà la safata sobre la taula—. Sí —repetí—, sembla que sigui un bon nom, no ho sé... Seu, vols?

La Britt tenia una petita cambra prop de la cuina. No hi cabien gaires mobles. La Fredrika seia al llit; la Britt agafà un escambell de la cuina i s'assegué enfront.

—El meu nom vertader és Birthe —va dir—. A Dinamarca sempre em deien Birthe. Birthe —va repetir seriosament.

—Prefereixes que et diguin Britt, ara? —va preguntar la Fredrika.

—No ho sé... Em penso que no...

—Aleshores, per què no et fas dir Birthe?

—No, no veus?... No m'ho permeten...

—No t'ho permeten? Qui t'ho prohibeix?

—Ell... Ell no ho vol.

—Qui és ell?

—El... el meu pare, naturalment. A Suècia s'han de portar noms suecs...

—És una mica dur aquest pa.

La Fredrika en mossegà un tros. Volia dir-li que el seu pare no podia canviar-li el nom. Si estava acostumada que li diguessin Birthe i li agradava, no ho havia de canviar... I, ¿qui ho deia que a Suècia havies de portar un nom suec? No tenia sentit. Era una niciesa.

La Fredrika, però, es va aturar a temps, no va dir ni un mot, es va limitar a tastar el pa. No coneixia bé la Britt i podia ferir-la sense voler. A més li semblava estúpid de ficar-se en els seus problemes; no la volia tractar íntimament.

Al cap i a la fi, només hi havia anat per saber si li passava alguna cosa.

—Havia d'haver agafat el pa acabat de fer —deia la Britt amb desconsol mirant el que acabava de mossegar.

—És més dur que un roc.

El va deixar anar sobre la taula per demostrar com era de dur. Certament ho era, va fer un soroll sord en caure.

—No hi fa res, podem sucar-lo.

La Britt es veia trista.

—Sí, és clar, ningú no ens pot veure —va dir tot sucant el pa en el got de suc de maduixa—. No m'he atrevit a agafar-ne de fresc, veus?, perquè sempre em diuen que s'han de gastar les coses velles primer. ¿No t'ho diuen a casa teva?

La Fredrika va negar amb el cap.

—No. No pastem a casa.

—Vols dir que *compreu* el pa? —va dir bocabadada la Britt.

—Naturalment!

—A casa, no!

—Per què?

—El pa de la fleca és tan car!

—No pas si penses en el temps que es necessita per a pastar-lo un mateix —va dir la Fredrika.

—Però he sentit a dir que torna a ser més econòmic —va insistir la Britt.

La conversa va seguir una estona en aquesta tònica tan avorrida. Parlaven de les feines de la casa, dels preus dels aliments: coses així. Per fi la Fredrika no ho resistí més i va perdre els estreps:

—És espantós tot això —va dir—. Me'n vaig.

La Britt estava terroritzada.

La Fredrika no hi podia fer res; no hauria pogut seure amb ella més estona. Cada cop es tornava més i més com la Britt. Era el procés camaleó-ameba. Les seves espatlles s'havien tornat fortes i robustes, les movia amunt i avall com la seva amiga, fins i tot sentia les parpelles pesades. Dues vegades va haver de dominar-se per no parlar amb accent danès. Aviat tindria el nas vermell com una maduixa!

Era la història de sempre, li passava tan aviat com estava sola amb una altra persona. Però deixar-se dominar per la Britt era anar una mica massa lluny. Ja era hora que se n'anés.

La Fredrika es dirigí cap a la porta.

—Digues-me per on se surt —va dir—. I gràcies pel suc.

La Britt no es movia de l'escambell.

—Ja te n'has d'anar?

—Sí.

—No vols un pastís amb confitura?

—No, gràcies.

—Una galeta de gingebre?

—Gràcies, ja en tinc prou.

—T'ho prego, no te'n vagis!

La Fredrika no sabia què dir.

La Britt s'encorbava asseguda a l'escambell. De sobte es va redreçar, va mirar cap a la taula on hi havia la gerra del suc, els gots i la safata.

Va agafar la gerra i la va oferir a la Fredrika.

—Més suc de maduixa? —va preguntar.

La Fredrika va dir que no.

La Britt mirava ansiosament, va passar-se el dit pel nas i va fer una rialleta.

—Quin tip de riure, oi? —va dir.

Mirava la Fredrika inquisitivament, mentre el suc estava a punt d'abocar-se. La Fredrika li va treure de les mans la gerra en el moment precís i se'n va servir una mica:

—En vols?

La Britt assentí ruboritzant-se de plaer.

Ja l'havien atrapat! La Fredrika s'adonà amb desesper que ara no se'n podria anar. Aquella mirada estranya als ulls de la Britt la tenia presonera. Va veure clar el que era: soledat i falta de confiança en si mateixa.

Reconeixia la mirada. Desgraciadament l'havia vista abans i sabia on; a casa, davant del mirall de la cambra de bany. Gràcies a Déu, ja feia temps d'això, abans del canvi de personalitat.

A poc a poc, va omplir el got de la Britt, que seia ben dreta amb la mà a punt de prendre el got. Es va inclinar i va mirar tímidament la Fredrika.

El sol va entrar dins de la cambra i va il·luminar la Britt per un segon. El seus cabells van agafar uns tons vius, els ulls li lluïen i el nas li brillava. La Fredrika va aixecar el got:

—Salut, Britt! —va dir somrient.

—Salut! —va mormolar la Britt—. Ara ens menjarem els pastissos amb confitura, d'acord?

11

CAL CONÈIXER a fons una persona per poder trobar-li un amic?

La Britt volia tenir una amiga, era innegable; a més la necessitava. Però ¿havia de ser precisament la Fredrika?

A la llarga no sortiria bé. Tard o d'hora s'adonaria que no feien l'una per l'altra i tindria una decepció...

Era bo que la Britt no anés a escola aquells dies. La Fredrika tenia temps per pensar. Necessitava pau i tranquil·litat per saber què faria amb la Britt.

La solució era: buscar la persona indicada i aleshores fer que s'interessés per la Britt... ¿i com es feia això?

El pitjor era que no coneixia a fons la Britt, per tant era difícil saber què li convenia. La Fredrika no desitjava intimar més amb ella, sobretot per ella mateixa. Per què donar esperances a algú quan saps que el defraudaràs?

Quin problema, tot plegat!

Trobar una amiga per a la Britt, era quasi impossible. A la seva classe, ni pensar-hi. La persona indicada havia de ser d'una altra classe...

Vinga pensar en el problema. La Fredrika imaginava una persona després de l'altre; per fi va adonar-se, avergonyida, que només se li ocorrien noies curtes de gambals. Va començar a pensar de nou en la idea de trobar-ne dues de noies; una que millorés la manera de ser de la Britt i una altra que fos una amiga vertadera.

Seria més senzill que no pas que una sola persona ho fes tot. Pensar que algú tingués el coratge de voler millorar la Britt, només per amistat, era impensable.

On trobar la noia?

El primer pas, en realitat, era que la Britt volgués canviar. Que s'adonés que li calia fer-ho.

De sobte, a la Fredrika, se li va ocórrer que potser la Britt ja se n'havia adonat que li calia canviar.

Per això s'havia comprat l'abric verd?

I s'havia volgut emmorenir?

Volia transformar-se i ser com la Fredrika?

¿No són aquestes la mena de coses en què un es fixa quan vol canviar?

Se n'adonava la Britt?

Ho feia inconscientment?

A vegades de forma misteriosa, sense voler, t'adones de coses sobre tu mateixa que mai no havies notat. Això fa que actuïs de manera diferent.

Sí, a l'interior de la Britt hi passava quelcom. Com més hi pensava la Fredrika, més segura n'estava.

¿La Britt seria capaç de canviar per si sola i amb un esforç de la voluntat com havia fet la Fredrika?

Aquesta era la qüestió.

No; segurament necessitava ajuda.

Però quina ajuda? Valga'm Déu!

De qui?

Que n'era d'estúpida... Quina soca!

Ho va veure clar, de cop. La Britt ja havia escollit! Ara li tocava a la Fredrika de veure si ho acceptava o li feia entendre que no hi havia res a fer. Però era veure visions si pensava que la Britt acceptaria una substituta. A més, seria humiliant per a ella mateixa.

La Fredrika ho hauria permès?

¿Hauria acceptat que algú altre escollís l'amiga apropiada? ¿Ella, que no podia suportar els «brillants» exemples de l'Irma?

No actuava com l'Irma, amb la Britt?

I tant! Què és el que buscava? Un «model» escaient; un model que la Britt pogués imitar i la fes tornar més sociable. Però sobretot algú que tingués cura de la Britt a fi que la Fredrika pogués desfer-se'n.

Tot molt ben pensat. Molt intel·ligent! Però, ¿seria feliç la Britt?

Tot plegat era fals... Què fer, aleshores?

No podia tenir cura de la Britt. No podia acceptar la idea de ser carn i ungla amb algú. Ho havia de dir a la Britt. Era millor que sabés la veritat. Tractaria d'explicar-li amb tacte que no podia comptar amb ella. Perquè la Fredrika havia decidit, de manera terminant, no tenir mai una amiga íntima. Preferia ser una *mica* amiga de moltes persones que no pas *molt* a[illegible] d'una sola.

Li diria exactament això i la Britt no es podia o[illegible] dre perquè, després de tot, no ho havia decidit [illegible] sant en ella en particular, sinó per a tothom.

AVIAT faria una setmana que la Britt no anava [illegible] classe. Divendres la Fredrika va agafar de nou els seu[illegible] deures i els hi va portar. Havia decidit explicar-li ben clar que s'havia d'interessar per una altra persona. No hi volia pensar més.

Però així que va veure la Britt va comprendre que no seria fàcil. L'esperava dempeus, a la porta.

—Per fi has vingut —va dir com si li traguessin un pes de sobre.

—T'ho vaig prometre, no? —contestà la Fredrika.

—Sí, però em pensava... Oh! No sé pas què em pensava! —exclamà la Britt somrient humilment, però contenta.

Aleshores explicà que havia baixat a obrir la porta abans que el gos no lladrés.

—On és ara? —preguntà la Fredrika.

La Britt va fer un posat estrany i contestà que no ho podia dir a ningú. Ni li va poder precisar de quina raça era.

—Oh! Vols dir que és un gos del carrer? —va indagar la Fredrika.

Es va sentir un riure espasmòdic de la Britt:

—Em promets que no ho diràs a ningú?

—Promès! De quina raça és?

. —digué la Britt estúpidament.

ınt seu i li va murmurar tan a prop

ıllejar l'orella de la Fredrika.

gos.

?

disc; quan algú prem el timbre, co-

rucs. És per fer por als lladres.

volia provar com funcionava, però la

ar, aterrida:

s sabrien que t'ho he dit!

que era un secret i que no l'havia de

erquè els lladres se'n podrien assabentar.

ıa manera com si hi hagués tot de lladres

pel voltants que no pensaven en cap altra cosa que en entrar a casa d'en Julius Svensson per robar-li tots els béns.

—Ell es tornaria boig si li robaven les seves coses, saps? —digué la Britt.

Es referia al pare quan deia «ell». Sempre que deia el «meu pare» feia una petita pausa abans de dir «meu» i després pronunciava la paraula «pare» amb una veu tènue i clara al mateix temps, quelcom cerimoniosa. No semblava natural.

Per canviar de tema, la Fredrika li va preguntar com tenia el nas.

Tota l'estona, la Britt se l'havia tapat amb la mà. La va treure i deixà que la Fredrika el veiés.

El nas no estava tan vermell, més aviat tirava a groc i això no el feia pas més atraient. Encara es veia lluent i inflat.

—No hi fa res —va dir la Britt—. Així has pogut tornar i portar-me els deures.

Quan la Fredrika li anava a dir que seria l'última vegada, va comparèixer la seva mare. Com que les petjades no se sentien a causa de la catifa, se la va trobar al davant, tot de sobte, i li allargava la mà. Va dir que desitjava conèixer l'amiga de la Britt.

Parlava molt de pressa amb un fort accent danès. Era baixeta. Semblava jove i simpàtica encara que els ulls i la boca denotaven fatiga.

La Britt no s'hi assemblava gens.

A la Fredrika, li va costar d'entendre el que deia, però va deduir que estava encantada perquè per fi la Britt havia trobat una amiga a Suècia. I que, com que avui en Julius Svensson arribaria més d'hora del que tenia per costum, seria millor que s'escapolissin cap a la cambra de la Britt, immediatament.

La Fredrika va comprendre que a en Julius no li agradava topar-se amb estranys quan arribava a casa.

Ella respongué que només volia ensenyar els deures a la Britt i que després se n'aniria. No en van voler sentir parlar d'això cap de les dues. Ja era massa tard.

De sobte, la Britt i la seva mare van restar petrificades, tot mirant a fora.

En Julius Svensson estava a punt d'entrar.

Entre totes dues van agafar la Fredrika i se la van endur cuita-corrents.

En aquest moment es va sentir un crit estrident a l'entrada:

—KARIN!

La mare de la Britt va esfumar-se com una ombra.

—Ja és aquí —explicà la Britt. Fins el nas tenia més pàl·lid.

Aquell dia, tant la cuinera com la cambrera feinejaven per la cuina.

La Fredrika ja coneixia la segona. Era la que li havia obert la porta la primera vegada. Es deia Gerda, i la cuinera, Vera. Aquesta encara era més vella que la Gerda. El mínim que es podia dir d'ella era que semblava malagradosa.

La Britt estava atemorida i es va fer tan petita com va poder en passar per davant de la cuina.

—Que també voldries suc de maduixa? —va preguntar la Britt.

La Fredrika no sabia què respondre. El suc tant li feia. Però no sabia què volia la Britt, ni si estava sobresaltada o esglaiada o què dimoni li passava. Quelcom no anava a l'hora, era evident. La Britt la mirava amb ànsia.

—El suc era bo —va contestar la Fredrika—. Però no tinc set, avui.

—Si sabés que li puc demanar! —va murmurar la Britt amb el front arrugat—. La Vera té tan mal geni!

—Aleshores no t'amoïnis, me n'he d'anar aviat.

—No! No te'n vagis!

La Britt va allargar-li la mà.

La Fredrika seia de nou al llit de la cambra de la Britt. Aquesta va fer unes passes cap a la cuina, potser per agafar l'escambell, però s'hi va repensar:

—Puc seure al teu costat una estona?

—És clar.

La Fredrika es va enretirar una mica i la Britt es va asseure tímidament. Va agafar el coixí i se'l va posar a la falda. Es va inclinar endavant i es posava el coixí contra l'estómac com si le fes mal. Estava silenciosa escoltant els sorolls de la cuina.

—Així que surtin de la cuina aniré a buscar el suc —mormolà.

Aleshores explicà que sempre havia d'estar amatent per saber on eren la Vera i la Gerda. Mai no volia entrar en una habitació si elles hi eren, ni creuar-se-les pels passadissos.

Ni la saludaven ni li deien un mot amable; i la Vera, la cuinera, la mirava enfadada com si hagués fet quelcom terrible. Sempre la feia sentir culpable.

La Gerda potser era més fàcil de tractar perquè gairebé sempre es limitava a ignorar-la.

—Ella creu que no valc res —digué la Britt resignada.

—Quin lloc més galdós per viure-hi! —comentà la Fredrika.

—Què hi puc fer! Em fan sentir irreal quan em tracten així, com si fos un fantasma...

—No hi ha cap fantasma amb un nas com el teu!

La Fredrika mirava d'animar-la fent broma i la

Britt era fàcil d'animar. Va tocar-se el nas i va esclafir de riure.

—Un fantasma blanc amb un nas vermell —féu en un to infantil.

Després escoltà de nou i va mirar enlaire.

—Ja són a dalt, ara —digué excitada i es posà dreta.

—Sí, són els passos de la Vera... i els de la Gerda...

—Ara et portaré el suc de seguida.

La Fredrika li demanà que ho deixés córrer. Però la Britt estava decidida.

—No hi ha perill —digué—. Són a dalt i li serveixen el ponx d'ous i el cafè. S'hi estaran una estona.

Estava contenta, va anar cap a la cuina i de seguida va tornar amb una safata.

—He trobat dos panets dolços —anuncià triomfalment—. Acabats de fer, veus? La capsa era sobre la taula, destapada, ara la culpa és d'elles!

Es mirava els panets embadalida; agafà el més gros i l'oferí a la Fredrika, mostrant tant de respecte pel panet com per qui el rebia. Talment com un dels Tres Reis Mags retent homenatge a Jesús Infant.

—És de panses! —exclamà.

Aleshores tornà a la cuina i va portar un escambell. S'hi assegué i donà una ullada circular.

—Ara tot és igual com l'altre dia... o gairebé igual...

—Quins panets més deliciosos! —digué la Fredrika.

—... Hi falten els pastissos, però no hi fa res, oi? —la Britt continuava pensant en veu alta.

—Oh! No! —convingué la Fredrika.

—Altrament, gairebé tot és com l'altre dia, ¿no ho

creus? —repetí mentre mirava amb ànsia la Fredrika.

—T'agrada el panet?

—Oh! Sí, és molt bo...

La Britt va fer cara d'entesa en la matèria:

—Sí, el pa pastat a casa és millor que el que es compra a la fleca, i no s'asseca tant.

La Fredrika va deixar el panet i la va mirar:

—No comencis —advertí—. Me n'aniré si tornes a parlar com una nena aviciada.

La Britt va quedar bocabadada i va canviar d'expressió. Ella que a l'escola no canviava mai. Estava esporuguida però no deia res.

—No trobo el tema gens interessant —digué la Fredrika.

La Britt continuava sense dir res, asseguda sense moure's.

—Tu tampoc li trobes... o potser sí?

La Britt va agafar el got i va mirar el contingut.

—Nnnno —va dir baixet.

—Llavors, per què parles de ximpleries?

—No ho sé...

La Fredrika no va tenir compassió. Digué que semblava que volgués imitar aquell parell de criades velles, la Vera i la Gerda; parlava com elles, ¿no se n'adonava?

—Sí —mormolà la Britt—, però...

—Però què?

—S'ha de tenir algun tema de conversa...

—I tu no el tens?

—No ho sé...

La Britt estava ensorrada. Corbava l'esquena més i més, i decantava el got cap a una banda i cap a l'altra. Semblava apàtica i inaccessible gairebé com a l'escola.

—Vigila el got! Anima't! ¿O vols que me'n vagi?

La Britt va saltar de sobte:

—No, no te'n pots anar! Vols més suc?

—Sí, si et plau... Bé, et preguntava si tenies algun tema interessant per parlar-ne.

—Què vols dir?

—Bé deus tenir alguna cosa interessant a comentar!

La Fredrika sospirà. Distreta, la Britt posava tota l'atenció a omplir els vasos.

Era evident que, per a ella, la felicitat més gran era seure allí, prenent suc i parlant de nicieses.

La Fredrika es posà dreta i repetí que se n'anava, ja que la Britt no tenia res a dir-li que valgués la pena.

La Britt va contestar que li agradaria de parlar però que no trobava cap tema apropiat.

La Fredrika va tractar d'explicar-li que no es tractava de «trobar un tema», sinó d'establir una comunicació. De dir exactament el que volia dir i el que sentia.

—Això no ho pot fer ningú! —digué la Britt sobresaltada.

—Per què no?

—Perquè seria com xafardejar!

—Doncs xafardegem!

—No està bé —opinà la Britt.

La Fredrika va esclatar a riure. Estava contenta d'haver pogut sacsejar la Britt. Aquesta se la mirava dubtant si riure o no, però després també va riure. Una rialla sempre és una solució. Va continuar rient tanta estona com va poder, després que la Fredrika ja havia deixat de fer-ho.

La Fredrika li va dir que era molt complicada i que no tenia objecte de parlar amb ella si creia que l'única cosa que li interessava eren les xafarderies.

—Però —protestà la Britt assenyada a la seva manera—. Jo no puc parlar del que m'agradaria, prefereixo que siguis tu la que parli del que t'agrada.

—Exacte! —exclamà la Fredrika—. I precisament el que vull és parlar de tu.

Aleshores la Britt es posà tota vermella i es quedà desconcertada i avergonyida com un infant que vol cridar l'atenció. Va dir les bestieses que es diuen generalment en aquests casos; que era estúpida i lletja i que no valia res; coses així.

—Aleshores, no comprenc perquè penses que jo puc perdre el temps asseguda aquí, si ets tan toixa i avorrida com dius. No té sentit, oi? —preguntà la Fredrika.

—No.

La Britt hi estava d'acord. Ningú no era pitjor que ella. Va confessar que era una imbècil i que no tenia remei. La Fredrika la va deixar que parlés fins que es va cansar. Aleshores li va preguntar:

—Has acabat?

La Britt no va contestar.

—No veus que tot això sona fals?

La Britt, sense badar boca, mirava a terra.

—No pots creure tot el que has dit; si no, no ho diries. Si fossis idiota no ho diries.

Li va tirar en cara que no era sincera; la Fredrika no sabia per què ho feia, potser per no afrontar el que vertaderament sentia.

—No, no!

La Britt tornava a seure i insistia, de manera infantívola, que tot el que havia dit era cert. Era així. Sí! No valia res...

La Fredrika no ho podia creure. Era tan inesperat! La Britt semblava inquieta i trastornada.

—Em sembla que és millor que me'n vagi, ara —va dir la Fredrika amb desànim a la veu.

La Britt estava desesperada però no va intentar de nou de fer-la quedar. La va acompanyar a la porta.

—Aniràs a l'escola el dilluns? —preguntà la Fredrika.

—Em penso que sí —digué la Britt—. Depèn del nas.

Però no hi va anar.

12

VA PASSAR el dilluns i també el dimarts i la Britt no va comparèixer. La Fredrika lluitava interiorment; havia d'anar a veure-la o no hi havia d'anar?

El nas segurament que estava guarit.

Per què no anava a l'escola?

No podia haver passat res. No obstant això, estava molt angoixada per la Britt. Va recordar l'última vegada que s'havien vist; el que havia dit ella i el que havia dit la Britt. El seu problema no tenia solució. L'única cosa viable era adonar-se que no hi havia res a fer.

Aleshores, dimarts al vespre, bastant tard, la Britt va telefonar.

—Sí? Hola! Sóc la Britt...

Silenci absolut.

La Fredrika va començar a parlar. Parlava, parlava i parlava.

—Què et passa? —va murmurar l'Irma darrere seu—. Sembles un disc ratllat.

Tenia raó. El silenci de la Britt a l'altra extrem de la línia va fer parlar la Fredrika com una boja. A més, estava contenta perquè la Britt havia telefonat. Li havia d'haver costat un gran esforç decidir-se!

D'altra banda la Fredrika també se sentia culpable per haver-se'n anat de casa la Britt, tal com ho va fer.

Fos com fos, la xerrada va acabar amb la promesa que l'endemà li portaria novament els deures a casa.

Quan va penjar el telèfon es va adonar que la Britt gairebé no havia obert la boca. Li havia preguntat coses sense esperar la resposta. Ni tan sols sabia com tenia el nas.

L'endemà la situació va canviar.

Seien una enfront de l'altra a la cambra de la Britt. Ella a l'escambell i la Fredrika al llit. Bevien suc de maduixes i menjaven un panet que no era gaire toù perquè no havien pastat d'ençà l'altre dia, segons es va queixar la Britt.

La Britt estava contenta però lleugerament avergonyida i amb més atenció que abans. Tenia el nas molt millor.

—Per què no has tornat a l'escola? —preguntà la Fredrika—. No havíem quedat que tornaries dilluns?

La Britt contestava amb evasives però la Fredrika insistia.

Fins que va confessar.

—Volia que vinguessis una altra vegada i que em portessis els deures.

—És l'únic motiu?

—Sí... D'aquesta manera, tot acabaria agradablement.

La Fredrika no sabia què respondre. S'adonava que la Britt volia que contestés que res no havia d'acabar, però no podia dir-ho. En comptes d'això, li va preguntar què havia fet aquells dies.

—No ho sé... No res...

Escoltava els sorolls de la cuina i de la cambra de dalt. En Julius Svensson aquell dia també era a casa i terriblement actiu. El timbre de la cuina no parava de sonar. Passes ràpides pujaven i baixaven l'escala.

—Està malalt? —va preguntar la Fredrika.

—Oh! No! Fa inventari.

La Fredrika no sabia què volia dir, però no ho va preguntar. Fos el que fos, l'agitació era considerable.

—Tothom està de malhumor, avui —va informar la Britt.

—Sí, aquell parell de feres estan molt nervioses —va dir la Fredrika.

A la Britt, se li va escapar el riure.

—Ja et pots imaginar que estan contra mi perquè no vaig a l'escola.

—Però no n'han de fer res!

—Oh! Sí, ja s'han queixat diverses vegades a la mare.

—Jo els diria que anessin al botavant!

La Britt no contestava, escoltava novament. Estaven trastejant per la cuina.

—Per què no els parles clar?

Les passes s'allunyaven altra vegada. La Britt la mirava desvalguda.

—Han viscut en aquesta casa molt més temps que no pas jo, comprens? Sempre hi han estat. D'ençà del temps dels venedors a l'engròs.

—Es nota.

Això va agradar a la Britt.

—Tu ho creus?

—Sí, vertaderament són dos aligots!

—Aligots! —murmurà la Britt—. Si ho sabien!

—Els ho puc dir, si vols.

—No! No! Que ets boja?

Encara mig reia. De sobte va afegir solemnement:

—Al cap i a la fi són gent «seva».

—Gent? Què dius ara? El rei i els seus súbdits?

—No, vull dir... la «seva» minyona i la «seva» cuinera. D'alguna manera li pertanyen, comprens? Han viscut amb ell des del principi... nosaltres no som res comparades amb elles, no ho entens?

La Britt mirava la Fredrika suplicant; ¿no veia que era innegable? No, la Fredrika va negar amb el cap enèrgicament.

—No entenc res... A més, qui són «nosaltres»?

—La mare i jo.

—¿Tu i la teva mare no sou res comparades amb elles? Quina bestiesa!

La Britt no deia res. Asseguda mamant-se el dit, semblava infantil i desvalguda.

—Estàs espantada! —digué la Fredrika—. I a casa teva!

La Britt s'estremí.

—Casa *meva*? No ho és pas!

—Però hi vius!

—Sí, però...

—Bé; aleshores seré més precisa: la casa de *tota la família*.

La Britt seguia mamant-se el dit. L'articulació se li inflava de tant xuclar. De tant en tant se la mossegava mentre explicava quina era la situació.

Va dir que la casa era *d'ell*, només. Podien estar agraïdes de poder-hi viure. Al principi no els era permès.

—Quan el venedor a l'engròs vivia —el pare *d'ell*—, en Julius no podia casar-se amb la seva mare.

—Per què? —preguntà la Fredrika.

—No ho sé... No crec que li ho haguessin permès.

Per això la seva mare i ella vivien a Dinamarca. A vegades venia en viatge de negocis i les visitava. En aquell temps li deia «oncle» perquè no sabia que fos el seu pare. Llavors li agradava més. Sempre li duia regals. Fins i tot havia comentat com li agradava anar a les botigues de joguines... i comprar-hi presents.

—Oi que és estrany? —la Britt es mossegava el nus del dit—. És el que deia...

Un cop li va regalar un ós preciós. No coneixia ningú que en tingués un com aquell.

—Si aixeques el cobrellit el veuràs —digué.

La Fredrika ho va fer. L'ós estava amagat amb el cap sobre el coixí. Tenia una expressió poc corrent. Semblava aciençat i afectuós.

—Pots donar-me'l? —preguntà la Britt allargant els braços.

La Fredrika li va passar l'ós per sobre la taula.

Se'l va asseure a la falda i va explicar que una vegada «ell» l'havia vist. Era al jardí. El va agafar i va preguntar a la Britt qui li havia donat. Ella va contestar «l'oncle Julius».

—No em semblava que fossin la mateixa persona ell i «l'oncle Julius»...

—I què va dir ell? —preguntà la Fredrika.

—No res... Se'n va anar i prou.

La Britt tenia nou anys quan va arribar a Suècia. Va ser aleshores quan va descobrir que «l'oncle Julius» era el seu pare. Es pensava que el seu pare era un altre, un amic de la seva mare que era conductor d'autobús. Era força amable però Julius Svensson era més important.

La Britt es va tornar a mossegar el dit.

Tenia més classe i més diners... Primer van viure en una altra ciutat, mentre preparaven el casament.

Després del casament i del bateig de la Britt, es van traslladar en aquella casa.

A Dinamarca vivien en una casa petita de dues habitacions i cuina. La seva mare treballava primer en una fàbrica i després en una botiga. Un amic de Julius Svensson era l'amo de la fàbrica i allí es van conèixer. La botiga era d'un altre amic i per això va obtenir la feina.

Quan «l'oncle Julius» arribava a Dinamarca, ell i la mare se n'anaven un parell de dies, per això la Britt no el veia gaire. Sempre s'emportava la mare així que arribava i la Britt no podia anar amb ells. La compensava amb presents. En aquel temps ell era simpàtic.

Ara no li feia mai regals, perquè no podia esmerçar els diners en coses així. Li havia de dir «pare»; al principi li va costar. Sempre s'equivocava i li deia «Oncle Julius». De segur que era perquè gairebé mai no parlava amb ella.

La Britt continuava mossegant-se el dit mentre pensava.

—Sí, aquest devia ser el motiu. La mare deia que el posava trist que li digués «oncle»... A mi no em podien dir Birthe perquè a Suècia aquest nom és Britt. Em van batejar amb el nom de Britt encara que el meu nom vertader és Birthe...

Es mirà el dit pensativament i se'l ficà de nou a la boca.

Aquest era el seu nom vertader i el de la mare era Karen, però a Suècia s'havia de dir Karin i prou. Ell no volia saber res de noms que no fossin suecs.

Era més gran que la seva mare. La Britt pensava que li doblava l'edat. I la Vera i la Gerda eren més grans que no pas ell. Era per això que ningú no les podia contradir.

Després de tot, sabien més bé que cap altra persona com s'havia de fer tot, perquè havien rebut «instruccions» —a la Britt li va costar de dir aquest mot però se'n va sortir— del mateix venedor a l'engròs. La

Vera fins havia conegut el «vell» venedor a l'engròs, el primer Julius Svensson, i havia rebut «ordres» d'ell.

En una paraula, eren autoritats en l'afer de portar la casa i no se'ls podia portar la contra.

—Sí que pots —digué la Fredrika, entossudida—. És clar que pots.

La Britt la va fer callar, espantada.

—També escolten darrere les portes?

—No ho sé... Ho farien si podien...

—Uf! Quina manera més terrible de viure!

—No, no... Estic molt bé —va mormolar la Britt—. De veritat, si hi penses una mica veuràs que no es pot desitjar res millor. Vivim en aquesta casa, tenen cura de nosaltres. La mare no treballa ni li permetrien. Tenim tot el que ens fa falta. No podem malgastar, com és natural. Una casa vella com aquesta és molt cara de mantenir. Se l'ha de conservar bé. Per això comprem tota la roba quan hi ha rebaixes, però no hi fa res. Sovint és millor comprar-la quan està rebaixada. Pots trobar el que vols per la meitat del preu.

—Pensa només en l'abric!

La Britt mirava la Fredrika seriosament.

—Sé el que va costar el teu —va dir amb aire de set-ciències—. El meu és bo igual i val la meitat. Has de tenir-ho present.

Insistia que la seva vida era bona; de primera! No havia de fer res, les dues velles ho feien tot. Bé, s'havia de fer el llit i enllustrar-se les sabates; res més. A Dinamarca ho havia de fer tot; rentar plats, la bugada, treure la pols. Sempre tenia quelcom a fer, no tenia un moment de lleure. En un aspecte era molt diferent. Ella i la mare estaven juntes... però tenien problemes. En aquesta casa no podien tocar res ni donar un cop de mà a les criades. ¿Com podien saber com s'havia de fer tot, si abans no hi eren? Qualsevol persona no és bona per portar una casa. Això era ben cert i s'havia de tenir present.

—Tu ho tens? —preguntá la Fredrika.

—Ssssí... —digué la Britt.

—No ho sé pas —opinà la Fredrika, agafant el got de suc de maduixa. El féu giravoltar i brindà—: Salut!

La Britt va alçar el got fins als seus• llavis, pensarosa:

—No penses dir res?

—Oh! Sí... Perdona! Salut!

La Britt va fer dringar el seu got amb el de Fredrika i va veure's tot el suc.

La Fredrika l'estudiava, pensativament. La Britt era diferent, avui. Cada vegada canviava d'expressió. Ningú no s'ho hauria cregut a l'escola. Estava més calmada. Deia nicieses i s'expressava de manera infantil, però tal vegada tenia una altra mena d'idees. S'adonava de com era? ¿Havia reflexionat sobre el que havia passat la darrera vegada, i decidit de parlar d'ella i de la seva vida? ¿O n'havia parlat per casualitat?

La Fredrika havia passat dues hores seguides escoltant la Britt. Generalment era ella la qui parlava. Era sorprenent! I no s'havia sentit camaleó-ameba ni per un instant. Continuava sent ella mateixa. Per altra banda la Fredrika s'imaginava molt bé com devia ser de trist haver de viure en aquell ambient. En aquell casalot.

—Salut, Britt! —va repetir.

—Salut!

—Aniràs a l'escola demà?

—No ho sé...

—Has d'anar-hi; no penso portar-te més els deures.

La Britt panteixava sobresaltada.

—Mai més?

—Ara no, però si estàs malalta sí.

—No estic mai malalta... —se la veia trista—. Aleshores això és la fi...

La Fredrika va dubtar un moment i digué:

—No ho ha de ser pas la fi. Hi ha altres camins per seguir endavant.

La Britt la mirava amb ànsia, pendent de cada paraula que pronunciava.

—Què vols dir?

—Ja ho veurem... Després de tot ens trobarem cada dia a l'escola.

—No serà el mateix...

La Britt estava desil·lusionada. La Fredrika s'hi va repensar. No volia comprometre's gaire però va dir que no calia que es veiessin solament a l'escola...

—Ens podem veure sempre que poguem tenir una xerrada que valgui la pena.

La Britt va envermellir d'alegria.

—Podrem? —va preguntar sense alè—. ¿Tu ho creus?

Poc després, quan caminaven sobre les catifes del vestíbul, van sentir la veu de Julius Svensson que feia crits per telèfon. Parlava de negocis i donava ordres a algú que considerava inferior. La veu retrunyia.

La Britt es va acostar a la Fredrika amb temença.

—És l'inventari —va murmurar.

La Fredrika va posar-se la mà a l'orella com si no hi sentís i va cridar:

—Quèee! No ho sento!

La Britt es cargolava de riure.

La Fredrika va mirar al voltant del vestíbul i va dir en una veu innocent però clara:

—Aquell gosset tan simpàtic que lladra quan arribo, on és? M'agradaria fer-li una moixaina. Puc?

Era massa per a la Britt. Va estar a punt d'explotar. Va tintinejar mentre obria la doble porta:

—Fins demà —va acomiadar-se la Fredrika.

La Britt no podia dir res, només reia. Es va haver de recolzar al muntant de la porta de tant riure. No era una rialla estantissa, sinó un atac de riure vertader.

Camí de casa, la Fredrika va decidir no pensar més en la Britt i no planificar ni resoldre res sobre coses que després no compliria.

Havia fet tot el contrari del que volia fer. No calia enganyar-se. Havia d'acceptar-ho; és evident que no es pot controlar tot, com ella creia.

Va començar a pensar en el seu pare. Aleshores encara era viu. Feia algunes setmanes que no l'havia vist. Havia anat a Helsingfors, però ja devia haver tornat.

Sentia la necessitat de veure'l. No era mai a la petita cambra que havia llogat, només hi dormia. Però tenia amagatalls per la ciutat, llocs que llogava per dies, segons la mena de treball que feia. No sabia en què s'ocupava ara.

La Fredrika no volia res en especial del seu pare. Solament veure'l. Sentir la seva mà sobre el cap. Abraçar-lo fort.

Ell comprenia aquestes coses. No calia explicar-li per què anaves a veure'l.

Primer passaria per casa a deixar els llibres; després el buscaria.

Sabia que el trobaria. Tard o d'hora el pare i ella es trobaven sempre.

13

PARAULES de l'Irma:

—Ha de ser un mateix el qui busca i escull els seus amics.

La Fredrika ho havia sentit a dir tantes vegades! L'Irma estava orgullosa del cercle dels seus amics; eren escollits d'un en un! Sempre insistia sobre la conveniència de tenir els amics apropiats.

Escollir! Què passava si era un altre el qui t'escollia? Què s'havia de fer, aleshores? L'Irma no en parlava. Era una persona forta que no hauria permès que l'escollissin! Al contrari del pare, per exemple, que sempre estava disposat que els altres ho fessin. Els seus amics no valien gaire, segons l'Irma.

La Britt no valia res. La Fredrika ja ho sabia. A la Britt, no l'havia escollit ella, sinó al revés. No hauria volgut que passés, però ara ja no es podia evitar.

Era millor prendre-s'ho amb calma. La Britt havia tornat a l'escola amb el nas guarit. Però a la classe tot era diferent.

Hi havia un cert malestar i la Fredrika n'era la causa. Ella i la Britt que sempre anaven soles, ara eren inseparables. Va ser una sorpresa per a tothom. No es podien imaginar què havia passat, però a la majoria no els agradava. Ningú no es podia acostar a parlar amb la Fredrika sense que la tètrica Britt fos a la vora. Una conversa com cal, ni pensar-hi! Perquè aquesta noia estúpida ho espatllava tot.

Què pretenia la Fredrika? Què en pensava?

Es va adonar que perdia el control de la classe. Estaríem equivocats si diguéssim que tant li feia; realment li sabia greu, però no ho demostrava perquè estava decidida a no claudicar. Volia dominar la Britt i els altres també. Els obligaria a acceptar la Britt i continuaria dominant la classe. Ja ho veurien!

Encara no sabia com, però inevitablement, trobaria la manera de fer-ho.

Sabia el que deien d'ella: «Que s'havia fet amiga de la Britt perquè no volia competidores i que això era un signe de feblesa». Primer no tenia amigues, i ara aquest zero a l'esquerra, la noia més poc interessant de tota la classe, ja que no s'atrevia a intimar amb cap altra. Ridícul i llastimós!

Sí, que ho deien tot això, però ella els deixava dir... Ja ho veurien!

Si almenys la Britt no fos tan lenta i no es necessités tanta energia per dominar-la! La Fredrika no era un àngel i a vegades n'estava tipa de la Britt. I en aquests casos podia ser molt negativa per a la Britt, tot i que procurava que els altres no se n'adonessin. No volia perdre el control.

A vegades la Britt es posava difícil perquè tenia por que la Fredrika no l'abandonés. Demanava el seu parer per tot, temia desagradar-la. I si la Fredrika es tombava d'esquena, la Britt es pensava que estava enfadada, que havia fet quelcom malament o que se n'havia cansat d'ella. La Fredrika sentia la mirada poruga i inquisitiva de la Britt sobre d'ella. Al cap de poc, això esdevingué francament insuportable.

La Fredrika va tractar que es juntés amb els altres, que intervingués en les converses, però mai no deia un mot, assentia o dissentia i prou. Era molt molest! Donava suport a tot el que deia la Fredrika i si per cas algú tenia una altra opinió, la Britt es mostrava tan desesperada com si la seva existència i la de la Fredrika estessin amenaçades.

Com és natural, ningú no ho entenia. Es creuaven mirades de complicitat i de desdeny. Però no deien res; malgrat tot, encara respectaven la Fredrika. Hi havia cops que, a ella, li hauria agradat sacsejar la Britt i dir-li coses desagradables, però es controlava sempre. Això hauria tornat més insegura la noia. No era com era, sense una causa. Se n'havia d'adonar per si mateixa. Però com? I de quí era la culpa?

La Britt estava convençuda que gaudia d'una vida privilegiada. Viure «elegantment», per a ella, era el mateix que viure bé i que passar-s'ho bé. Creia que no se'l mereixia aquell tipus de vida, perquè no havia nascut «privilegiada». Per això vivia quasi de caritat, en aquella casa «privilegiada», amb un pare «privilegiat» que li permetia d'anar a una escola «privilegiada». I ella feia els possibles per passar desapercebuda a fi de no perdre tots aquests privilegis.

Així treballava la ment de la Britt. Es considerava inútil i era desgraciada. Però no sabia per què. ¿Quan ho veuria clar?

Per la Fredrika era evident que la vida que portava la Britt era inconsistent i grisa i no va dubtar en dir-li-ho. Es reia del pare, ridiculitzava el servei i criticava la casa on vivia. Volia obrir els ulls de la Britt, fer-li veure que la seva família tenia una escala de valors equivocada.

La Britt no deia res, però la Fredrika tenia la sensació que dintre seu es resistia a acceptar-ho. Mai no discutia amb ella, però tampoc hi estava d'acord. Era impossible saber com s'ho prenia. No demostrava res. Resignadament, era lleial amb la seva família i amb la Fredrika. Això no plaïa a la Fredrika, la feia sentir-se insegura. Era equivocada la seva manera d'actuar? Després de tot, amb les seves crítiques anava destruint la imatge que tenia la Britt de la seva família. ¿No era una falta de consideració? Li oferia quelcom a canvi?

Per altra banda, no se'n treia res de dir a la Britt que no era inútil, perquè no s'ho creia. De primer, ¿no seria millor fer-li veure *per què* es creia que ho era? Estava convençuda que tot era culpa d'ella. ¿No s'adonava que no era cert?
Que els altres també podien estar equivocats? ¿Encara que signifiqués sacsejar una mica les idees incommovibles d'en Julius Svensson?

Sotraguejar-lo seria una bona cosa per a aquell setciències que en sabia tant, de tenir cura de si mateix.

La Britt s'havia atrevit a riure-se'n; ja era alguna cosa, però... Podia anar més lluny? Després de tot, eren les persones més properes a la Britt; ¿no li doldria que les critiquessin?

Pel que fa a la Fredrika, ella no suportava que algú critiqués els seus. Ni tan sols l'Irma. Li trobava molts defectes, però si algú els esmentava, es posava furiosa.

Donava per cert que la Britt no sentia estimació per en Julius Svensson, però segurament que n'hi tenia...

A més, la Fredrika no coneixia a fons aquell senyor, per tant no podia jutjar-lo.

Que n'era de difícil tot plegat!

I no podia parlar-ne amb ningú. L'Irma no comprendria que la Fredrika tingués res a veure amb la

Britt. Com podia interessar-li un aneguet lleig com aquell! És evident que tothom pot dir el que pensa i els altres ho han d'acceptar. Si no saben pensar pel seu compte s'han de deixar portar pels que en saben. Si no ho fan, la culpa és seva, i prou! La seva mare hauria rebutjat una nul·litat com la Britt amb pocs mots, mentre prenia el cafè. Per què feien tants escarafalls? Hi havia coses molt més importants. Quin avorriment!

Tampoc no podia parlar-ne amb el pare. El divertiria tant tot aquell seguit d'històries sobre la casa, les dues velles repatànies i en Julius Svensson, que perdria de vista quin era el problema. Inventaria una sèrie de situacions incongruents sobre en Julius Svensson que al final es rebentarien de riure tots dos. Després, però, es posaria seriós i trobaria que havia estat mesquí i defensaria en Julius. Total, que tampoc no arribaria enlloc.

Ho havia de resoldre sola, doncs.

Per començar tindria més compte amb la Britt i no la tractaria com si no tingués cap opinió. Es va adonar que no l'havia de pressionar com havia fet. S'havia excedit. Es deixava influir massa per l'Irma. Cada cop que volia aconseguir una cosa o ser eficient, malgrat tot, copiava la manera de fer de l'Irma.

No tothom pot ser eficient, oi? ¿És desitjable que tots siguem igualment competents? ¿El pare, per exemple? Ningú no deia d'ell que era eficient o afortunat, o que atreia les persones que reeixien.

No obstant això, molta gent era feliç pel sol fet de pensar en ell. Ella ho sabia prou bé. Se sentia tranquil·la quan ell posava la mà sobre el seu cap. Tenia una manera d'acariciar els seus cabells, que feia desaparèixer els pensaments dolents.

Quan l'Irma l'amanyagava, la feia posar nerviosa.

L'Irma movia la mà sobre el cap de la Fredrika i amb el dit gros, dur i enèrgic, li fregava els cabells com si donés corda a una joguina mecànica.

El pare era «adorable» com va dir un dia una senyora d'edat a la Fredrika, perquè l'havia ajudat a creuar el carrer i l'havia acompanyat fins a la porta de la casa.

No valia la pena ser així? ¿No valia la pena lluitar per aconseguir-ho?

Quan la Fredrika es proposava imposar-se, esdevenia completament inhumana. Una vertadera dèspota. Quina paraula més esfereïdora!

El problema era que no volia deixar de ser-ho. No pas per ara, almenys. No s'ho podia permetre.

Quan pensava en tot això, l'únic detall humà que descobria en ella, era que la Britt Svensson l'havia triada com a amiga íntima.

La Britt que s'havia comprat l'abric verd... Que s'havia emmorenit fins que el nas se li posà vermell...

Que no es donava per vençuda...

Per què havia escollit la Fredrika? Justament la persona més perillosa de la classe, la que dominava a tothom. Hem d'acceptar que la Britt era tossuda com una mula.

Per ser una persona que es considerava insignificant, havia demostrat decisió en buscar la companyia d'una altra noia. I encara més, si considerem que no la satisfeia qualsevol noia sinó que va escollir la més difícil, amb decisió. No demostrava tenir molt coratge?

De fet, la Britt mereixia que l'admiressin.

Per què no hi havia pensat?

Ara era important de no ferir-la.

14

LA FREDRIKA va reflexionar seriosament sobre la seva situació i la de la Britt. Tractaria de pensar més en la Britt que no pas en ella. Es va fer el propòsit de no fallar-li.

De totes maneres va passar el que havia de passar.

Cada cop notava més que perdia autoritat a classe. Ho notava en petits detalls. Quan s'havia de discutir quelcom important, ja no miraven la Fredrika de primer, ni esperaven la seva opinió, sinó que expressaven la d'ells. A més, la interrompien i demostraven que no havien escoltat el que havia dit.

Un parell de vegades havia notat que s'avorrien quan volia lluir-se sobre un tema determinat. Ja no causava sensació. Gairebé només la Britt l'admirava i els altres trobaven ridícul el seu entusiasme.

Encara no s'atrevien a discutir obertament amb ella, però era qüestió de temps. Cada dia que passava anava perdent una mica més el control de la classe.

De primer s'ho prengué amb calma, filosòficament; era una nova experiència, un tema de meditació. Si existia realment quelcom anomenat «autoritat natural» i ella s'havia imaginat que la tenia, ja era hora que rectifiqués. Era evident que no posseïa aquesta qualitat; si no, els altres haurien acceptat la

Britt sense comentaris. Si havia dominat la classe fins ara, era per simple fatxenderia.

En els moments més lúcids ja ho sospitava. Però conèixer-se un mateix és una cosa, i que els altres s'adonin de com ets realment, n'és una altra. Com més anava, més trasbalsada se sentia. Finalment, quan la Fredrika va notar que els seus mètodes ja no feien efecte, va sentir pànic.

Va començar a intrigar deliberadament i cínica. Va seguir el seu model: l'Irma o com creia que actuava l'Irma. En una paraula, va emprar la seva astúcia.

Si no podia dominar a les bones, sempre podria fer-ho sembrant la discòrdia a classe. És una manera de conservar el poder quan no pots fer-ho per la unió o per la força. Tot i que la Fredrika s'adonà que era l'últim recurs d'una persona feble, el va posar en pràctica enfrontant els uns contra els altres sense compassió. Procurant que es propaguessin les calúmnies, cosa que no hauria fet mai, abans; i fabricant mentides i mitges veritats.

Va demostrar molt talent per ordir intrigues. Al cap de poc, cada alumne desconfiava dels altres. Era ella l'única justa i digna de confiança. La seva tàctica va tenir un èxit inesperat. En menys d'una setmana tornava a tenir la classe sota el seu control. Després d'haver guanyat la batalla, gairebé li sabia greu que tot hagués estat tan fàcil. Li hauria agradat no tanta rapidesa.

Ara, però, era massa tard. Havia de continuar brillant espectacularment. Abans de res, s'havia de restablir l'ordre a classe i eliminar la desconfiança que enverinava l'aire. Ja no tenia objecte. Eliminar-la magnànimament i demostrar-los amb qui se les havien. Fer evident que es mereixia la posició de líder per la qual havia lluitat; i per la qual ells també havien lluitat sense saber-ho.

La Britt, no l'havia oblidat pas durant el combat. Al contrari, va rebre el baptisme de foc i va resistir bé.

Era un joc lleig el que havia jugat la Fredrika. Feia dir a la Britt el que volia que es fes córrer sense dir-ho ella, i fent veure que no n'era responsable. Feia servir la Britt pels seus fins, deliberadament, però al mateix temps se'n feia retrets i se sentia culpable.

La Britt es deixava portar. La seva actuació fou remarcable. Ella que sempre callava i no deia una frase seguida, va començar a parlar intel·ligentment. La transformació esdevingué al principi de la intriga. Es va adonar que la Fredrika estava en perill de perdre la seva posició a la classe i s'hi va enfrontar, com si res.

La Fredrika no la va haver de convèncer, d'això no n'era culpable. La Britt, per pròpia iniciativa, li preguntava què volia que fes i la Fredrika li explicava el que havia de dir i a qui. La Britt ho feia a la seva manera directa i ningú no es malfiava. Era massa estúpida, pensaven, per mentir. Ella no mentia, només repetia el que la Fredrika volia que digués. És probable que mai no es preguntés si el que deia era veritat. No era el seu problema. Confiava plenament en la Fredrika, estava contenta i orgullosa del seu paper i no volia fallar-li.

El resultat va ser que va adquirir més confiança en ella mateixa. Ja no estava tan callada o temerosa davant dels altres. La consideraven més. El període d'intrigues havia tingut una conseqüència bona, després de tot.

Però la Fredrika va estar a punt d'espatllar-ho, amb la seva tendència a complicar-se la vida. De sobte, va sorgir a la superfície la moralista que tenia a dintre. Se li va ficar al cap que havia de dir la veritat, que havia de ser despietada i rígida amb ella mateixa, sense adonar-se que podia enfonsar al mateix temps la Britt. Però no pensava en les conseqüències.

De sobte va creure que li havia d'explicar tot a la Britt, alliberar-se del pes de la culpa per recuperar la pròpia estima.

Era l'últim dia de classe, una tarda magnífica de començaments de juny.

Ella i la Britt s'havien de trobar per darrer cop, abans de les vacances d'estiu. No es tornarien a veure fins a la tardor. La Fredrika no pensava assitir a l'acte de fi de curs i per aquest motiu no tenia cap més oportunitat de dir la veritat a la Britt. Volia demostrar-li el seu coratge. Provar-se a si mateixa quina persona més recta i forta era, desvetllant les seves pitjors característiques sense titubejar.

La Britt es va acostar a la Fredrika radiant de satisfacció amb el seu abric verd. Havia pregat a la Fredrika que també es posés el seu, perquè tots les poguessin veure amb l'abric igual; la Fredrika, però, s'hi havia negat. Aquella tarda, precisament, no ho trobava encertat.

La Britt, de primer, va tenir una decepció, però de seguida l'alegria es va sobreposar.

—Saps el què ha passat?

—No...

—La mare espera un infant. Ho sap del cert, ara.

—I per això estàs tan contenta?

—Sí, és clar. Segur que serà un noi.

—Per què?

—Perquè ell sempre ha desitjat un hereu —explicà la Britt—. Ho ha desitjat durant molt de temps, però fins ara no havia estat possible.

Aleshores continuà:

—Saps com es dirà?

—Julius, naturalment —digué la Fredrika.

La Britt es quedà sorpresa però contenta:

—Com ho sabies?

—Oh! M'ho pensava...

La Fredrika rumiava mentre se la mirava inquisitivament. Que n'era d'ingènua, i no ho amagava!

Per què la Britt sempre la mirava esperançada?

Això va fer que es mostrés antipàtica i agressiva i va dir desafiadora:

—Bé, bé. El quart Julius ja és en camí. ¿I si fos una nena?

La Britt es sobresaltà. Es desconcertà una mica però immediatament rebutjà la idea, obrí els braços i somringué contenta:

—Saps perfectament que això no passarà —va respondre, confiada.

La Fredrika no contestà. No tenia ganes de sentir parlar més del possible noi d'en Julius Svensson; tenia altres coses més importants de què parlar. No obstant això, la Britt continuava fent comentaris infantils sobre la meravella de tenir un infant a casa.

Finalment la Fredrika la va interrompre i va començar a explicar-li «la veritat». Li va dir sense embuts com s'havia servit d'ella. Ella quedava a l'ombra però va aconseguir que la Britt digués el que ella no es volia rebaixar a dir. Llavors considerava que no tenia importància que ho escampés la Britt. Per tant, l'havia envilit i havia demostrat que no li tenia cap consideració.

La Britt se la mirava bocabadada, sense entendre res i sense dir res.

La Fredrika va afegir que a la classe ningú se n'havia adonat; la Britt no tenia per què sentir-se desgraciada. Els altres la veien tal com ella mateixa es considerava: una bona amiga de la Fredrika. Solament ella sabia com l'havia tractat de malament. No calia que se'n preocupés.

Va fer una pausa. La Britt continuava sense dir res ni mirar-la. Era impossible de saber el que pensava; la Fredrika va continuar.

Li va explicar per què li havia hagut de dir tot. L'única manera correcta és confessar la veritat nua. Ja sabia que la podia afectar dolorosament, però no li tocava més remei que ser franca. Principalment per la pròpia estima, sense vanitat ni amor propi; per alleugerir la seva consciència.

Però també era bo que la Britt s'adonés que la Fredrika, que l'apreciava, també havia estat capaç de fallar-li i de sacrificar-la pels seus interessos. A més, ara li explicava tot sense pietat només per tranquil·litzar la seva consciència.

—Ara ja ho saps. Jo sóc així —va acabar tristament.

Estaven assegudes en un banc del parc, prop del riu. Les envoltava el perfum de les flors dels arbustos i dels arbres. Dos cignes blancs nedaven en les aigües fosques.

La Britt no s'havia sentit mai tan contenta. Per primer cop a la vida s'adonava que era primavera. Pensava que cada any s'esdevenia aquesta meravella i ella no hi havia parat esment. Era increïble! Desitjava dir-ho a la Fredrika però no podia perquè no callava. La Britt seia amb el cap enlaire, els ulls clucs, respirant l'ambient perfumat i gaudint-ne tant com podia.

Al seu costat la Fredrika xerrava i xerrava. Possiblement sobre aquell embolic que es va formar a la classe quan tots es barallaven. Que bé! Tot havia acc-bat. Havia estat interessant però al mateix temps desagradable. La Blanche havia dit coses tan mesquines de la Fredrika! I la Marta, també. La Britt no havia d'haver-les escoltat, però sabia que no era prou forta per oposar-s'hi. Van pensar que estava al costat d'elles dues, i les va deixar que s'ho creguessin. Això li havia torturat la consciència, però, per sort, la Fredrika no ho sabia ni li diria mai. Era tan bona! I pensar que em vaig atrevir... més valia no pensar-hi... ara era primavera... Tot això rumiava la Britt mentre la Fredrika parlava.

La Britt continuava amb els ulls clucs i somrient perquè trobava la primavera tan meravellosa. Desitjava que la Fredrika parlés d'una altra cosa. Al cap i a la fi, no hi havia més baralles a l'escola. Tot rutllava.

—Ara ja ho saps. Jo sóc així —va sentir que repetia la Fredrika.

—Oh! De veritat? —va dir per fi la Britt perquè no sabia què més dir.

No havia escoltat, com solia fer, ni havia entès la meitat del que havia dit la Fredrika. Hauria preferit parlar de la primavera i de l'infant que naixeria a l'hivern.

Va obrir els ulls i va somriure a la Fredrika i aleshores es va adonar dels cignes blancs, resplendents, que suraven damunt l'aigua fosca. No havia vist res tan bell en tota la seva vida. Els va mostrar a la Fredrika que no deia res en aquell moment. Li va explicar que havia tingut un punt de llibres quan era petita, on hi havia dibuixats dos petits cignes blancs com aquells, nedant sobre aigües fosques.

—Oh! De veritat? —va dir la Fredrika que tampoc no sabia què contestar.

Vet aquí que s'havia tret la careta, que s'havia rendit. Havia fet una confessió valenta i era evident que a la Britt tant se li'n donava! Estava desil·lusionada.

Havia perdut el temps?

¿O la Britt era tan considerada que pretenia oblidar-ho tot?

La Fredrika va mirar-la atentament. Era impossible de saber-ho. Només estava interessada pels cignes, la Britt... O, ho feia veure perquè era molt discreta?

Per primera vegada la Fredrika va sentir timidesa davant de la Britt.

—A Dinamarca tenim un conte que es diu: «Den Grimme Aelling» —digué.

—Ah! Ja ho sé: «L'aneguet lleig» —va traduir la Fredrika.

—Sí, el coneixes?

—És clar.

—Però no era un aneguet —prosseguí la Britt—. Es pensaven que ho era; però quan l'aneguet va veure per primer cop uns cignes, va comprendre que era d'un d'ells, i aleshores tothom se'n va adonar, també.

—Sí, ja ho sé —murmurà la Fredrika.

Tenia un nus a la gola. Se sentia completament humiliada.

—Aquests cignes m'han recordat el conte i el punt de llibres —digué encantada la Britt, tot mirant els blancs cignes com anaven aigua avall.

Aleshores es tragué una pinta de la butxaca i es pentinà. S'havia vestit amb tota cura aquella tarda. S'havia rentat el cabell i s'havia posat l'abric verd i les sabates blanques, noves.

—Són realment boniques —digué mirant-se els peus— i a més, són barates.

La tarda era suau i calmada. La Fredrika portava

solament una brusa fina però no tenia gens de fred. De sobte exclamà, tot aixecant-se del banc:

—Em penso que aniré fins a casa a buscar l'abric.

La Britt la mirà amb un anhel infantil:

—Quin abric?

—El verd, naturalment —va aclarir la Fredrika—. Podríem donar un tomb per la ciutat, totes dues amb el nostre abric verd; una passejada primaveral...

III

Del juny del 1973
al maig del 1974

15

SABIES que els fantasmes no són immortals?

En Philip ho preguntà. La Fredrika se'l mirà amb un aire de no entendre res.

—Els fantasmes no viuen per sempre —va repetir.

—De debò? Jo em creia que ja eren morts —comentà la Fredrika.

—Veus? S'esfumen gradualment. En general, després de quatre-cents anys. Com una pel·lícula de colors, vella.

—De veritat?

La Fredrika volia llegir. En Philip també tenia un llibre a les mans, però anava parlant. Era evident que el seu llibre no era per llegir-lo sol.

—I saps quina edat té el fantasma més vell?

—Tu ho has dit: quatre-cents anys...

—Em referia als fantasmes corrents... Però segons aquest llibre, el fantasma d'un centurió romà encara roda per aquests mons de Déu. És aquí a Essex, a l'illa Marsea. Té mil cinc-cents cinquanta anys. És el més vell de tots. Per què no intentem de veure'l? Vull dir, mentre som a Anglaterra.

—No sabia que creies en fantasmes.

—No siguis beneita; és clar que hi crec. És a dir, crec que la seva existència es podrà demostrar clarament, i finalment es provarà científicament, els pròxims cinquanta anys. I estic d'acord amb la idea que després d'un temps s'esfumen. Per això un fantasma de mil cinc-cents cinquanta anys val la pena de veure'l. No estaria interessat en qualsevol altre fantasma.

—No? —digué la Fredrika—. Que puc llegir, ara?

—Certament.

En Philip es va submergir en la lectura per un minut, però va tornar a parlar:

—¿Saps que hi ha més fantasmes per quilòmetre quadrat a Gran Bretanya que en qualsevol altre país? El lloc més freqüentat pels fantasmes, entre l'any mil vuit-cents seixanta-tres i l'any mil nou-cents trenta-nou, fou la Rectoria de Borley, a Suffolk.

—Molt interessant— va contestar pacientment la Fredrika.

En Philip i la Fredrika feien una estada a Anglaterra, a casa d'uns amics de l'Irma, a fi de millorar el seu anglès. La Florence i l'Irma havien anat a França.

—Que puc llegir, ara?

—És clar!

En Philip creia que es podria fer quelcom per veure els fantasmes, ja que ells es trobaven en la zona on n'hi havia més.

—Vols dir caçar-los?

—No exactament... Més aviat estudiar-los.

La Fredrika digué que hauria de dedicar-s'hi tot sol. Tractava de demostrar-li que no hi estava interessada en absolut, a fi que la deixés llegir en pau una estona.

En Philip era molt xerraire però també era molt agradable, per això no volia que s'ho prengués malament.

En Philip va preguntar de nou:

—¿Saps quina és la temperatura més alta que pot resistir el cos humà?

La Fredrika va negar amb el cap.

—La temperatura seca més alta que pot resistir una persona és de dos-cents quatre graus centígrads.

—Els fantasmes també?— va dir la Fredrika condescendent; només havia contestat amb monosíl·labs feia una estona.

—No, només les persones... Si porten roba gruixuda poden suportar fins a dos-cents seixanta graus centígrads, segons uns estudis fets per les Forces Aèries d'Amèrica del Nord l'any mil nou-cents seixanta. És molt, no? Encara més, si tenim en compte que un bistec es cou a cent quaranta graus.

La Fredrika estava d'acord que ho era força.

—Però només en atmosfera seca —continuava en Philip—. En un bany de vapor on l'aire és humit, normalment una persona no pot tolerar més de cent quatre graus.

—De debò?

—Sí... Ja pots continuar llegint.

La Fredrika va moure el cap. En Philip estava alegre, com sempre. Tenia tanta vitalitat! S'ho passaven molt bé tots dos junts. Disposaven de molt temps per a ells i no havien après gaire anglès, però recorrien amb bicicleta tota la contrada durant dies i dies, excepte quan plovia com avui.

En Philip hi tornava:

—Ei! La bústia més antiga! Saps on és?

—No!... Em pensava que estàvem de vacances i no pas que patiria tants exàmens!

—Però escolta! És precisament aquí, a Anglaterra! La van col·locar el vuit de febrer de l'any mil vuitcents cinquanta-tres, al carrer Unió de St. Peter Port,

Guernesey, al Canal de la Mànega. Va ser un suggeriment de l'escriptor anglès Anthony Trollope.

—De veritat?

—Sí... Podem anar-la a veure, aquesta bústia, si vols. Ara és al museu.

En Philip havia actuat així tot l'estiu. No hi havia manera de poder llegir en pau. La Fredrika no tenia mai un moment per a ella. Si volia escriure una carta, passava el mateix. No va poder escriure una sola carta en tot l'estiu, només enviava postals.

El pare va passar amb ells un parell de dies. Es van reunir a Londres i van anar a visitar el museu de cera de Madame Tussaud entre altres coses. S'ho van passar molt bé.

La Fredrika, però, després no estava gaire contenta. El pare semblava preocupat. Va veure que el seu cap era en un altre lloc, molt lluny, tota l'estona. En anar-se'n, volia anar a trobar l'Irma i la Florence, a París. Era allà on tenia el pensament. Va dir quelcom sobre si l'Irma el deixaria tornar a casa.

Ho va dir de broma però ho pensava seriosament. Anhelava tornar-hi a la tardor, però no tenia gaires esperances.

En Philip va dir que era ell el qui ho havia de decidir, però la Fredrika no va dir res, perquè sabia del cert qui era la que decidia aquestes coses. El pare s'hauria sentit ferit si ella ho deia.

Quan el pare va tornar a Suècia, va escriure algunes cartes, però no va esmentar cap paraula de com li havia anat a França ni el que havia dit l'Irma. De totes maneres, ja s'ho podien imaginar. Les cartes eren divertides, però no eren alegres.

En canvi, les cartes de l'Irma i de la Florence traspuaven satisfacció. Eren plenes d'explicacions sobre el que havien fet i el que farien. Tan competents com sempre!

—Escolta! Una altra cosa i prou! —en Philip ja hi tornava—. ¿Saps quin ha estat el més gran equilibrista del món?

Preguntava per costum, i sense esperar la resposta va dir:

—Bé. Es deia Jean François Gravelet, àlias Charles Blondin. Va ser el primer a creuar les cascades del Niàgara sobre una corda de setanta-sis mil·límetres de diàmetre i de tres-cents trenta-cinc metres de llargada, a una alçada de quaranta-vuit metres vuit decímetres. Va creuar el salt d'aigua, carregant a coll-i-be el seu empresari, Harry Colcord. L'esdeveniment va tenir lloc el quinze de setembre de mil vuit-cents seixanta.

—Fantàstic! —va comentar la Fredrika—. Especialment per a l'empresari.

No, no hi havia forma de poder acabar una carta o d'aprendre anglès. La Fredrika i en Philip no aprofitaven gaire el temps. L'Irma tindria una desil·lusió.

En canvi havien après a conèixer-se millor. Durant les excursions xerraven constantment de tot, però no d'ells mateixos ni de casa. Mai no parlaven del que havia passat o del que podia passar. Parlaven del moment present i amb això n'hi havia prou.

La Fredrika va descobrir en Philip i aquest la va descobrir a ella aquell estiu i n'estaven molt contents. Cap dels dos s'havia imaginat que poguessin estar tan bé junts.

La Fredrika gairebé no sabia res de la Britt.

Va rebre una postal amb una vista del palau d'Amalienborg, des de Dinamarca, i n'hi va enviar una amb la Torre de Londres. Això era tot.

No havia oblidat la Britt, però no hi pensava gaire.

De tant en tant, sobretot quan recordava que l'estiu estava a les acaballes, sentia com una opressió al pit, un lleuger malestar i un pensament li creuava el magí:

—Oh! Sí!... naturalment... La Britt...

16

AQUELL ESTIU va ser dels que semblen llargs mentre se'n gaudeix i quan es recorden es troben curts.

Mentre va ser a Anglaterra, la Britt quasi no existia per a la Fredrika; se'n va adonar quan la va veure. Quan estava amb ella, la presència de la Britt s'imposava. Era com si tot l'estiu s'hagués esborrat de sobte. Com si s'haguessin vist el dia abans.

Era increïble que hagués pensat tan poc en ella. Havia recordat la Blanche, la Marta i els altres, però la Britt, no. Hi devia haver algun motiu perquè, inconscientment, tractés d'evitar el seu record.

La Britt havia canviat durant l'estiu. Era més alta i més prima. S'havia deixat créixer els cabells i els portava tirats enrera en forma de cua de cavall. Abans els portava curts i la feia semblar més rabassuda. Ara no es notava tant. No havia estat mai una bellesa, tots la tenien per una d'aquelles noies «poc atractives» que no tenen èxit entre els nois. Costa de canviar una fama així; però, després de l'estiu, no era tan «poc afortunada» com abans. La Fredrika ho va notar de seguida, això.

Ja no li costaria tant de tenir amics entre els nois i les noies, a la Britt. Li faltava una mica més de seguretat en si mateixa. Potser ho aconseguiria si un noi s'interessava per ella. Però estava tan acostumada que no la prenguessin en compte, que no hi pensava, en els xicots.

Els nois de la classe potser no saltarien d'alegria davant d'aquesta nova oportunitat. La majoria tenien un sol pensament: el dia que tindrien una moto! Alguns ja tenien quinze anys; als altres, els faltava un any a fi d'obtenir la llicència de conduir. Només parlaven, però, de la moto que no tenien.

La Fredrika tampoc no s'interessava pels nois. Era la més jove de la classe però tenia un problema: si no et tornaves boja pels nois, la gent pensava que no eres normal. De fet, la Fredrika a vegades no sabia si ho era, de normal. Trobava els xicots poc atractius i grollers. Excepte un: en Kristian. Aquest era tan especial i tan meravellós que no hi pensava com si fos un xicot, sinó una persona perfecta i poc corrent.

En Kristian, tampoc no feia cas de les motos. Volia ser pilot aviador. Quan la Fredrika se l'imaginava volant, en lloc d'anar en un vulgar avió, el veia creuant brunzent per l'aire amb una capa onejant, folrada de seda. Seda blanca quan brillava el sol, blava quan estava núvol i vermella a la llum de la lluna.

En Kristian no necessitava pilotar un avió per ser un heroi.

Tampoc es fixava en les noies, és a dir, actuava igualment amb tothom sense fixar-se en el sexe. Es comportava naturalment amb tothom, tal com hauria volgut fer la Fredrika si no hagués estat per la Britt.

Ja sabia que en Kristian no s'interessaria mai per ella i quasi ho preferia.

Els altres xicots eren horribles; tenien la veu esquerdada, reien de beneiteries, els suaven les mans, eren descurats i, sobretot, tenien un comportament desagradable. Era impossible trobar algun punt d'interès en cap d'ells.

I allò que ells en deien sentit de l'humor! Més valia no parlar-ne. Després d'una conferència sobre educació sexual, els seus acudits eren vertaderament «inspirats». Només es podia fer una cosa; córrer tot seguit cap a casa per escapar del contacte físic i tirar la roba que portaves a la rentadora. Amb un bany normal no n'hi havia prou. Una se sentia bruta i impura fins al moll dels ossos. Com si l'ànima es pogués morir allà mateix, tot i sent immortal.

Però no podia demostrar el que de debò sentia. Havies de fer com les altres.

Una vegada la Fredrika va sortir amb un noi que no semblava perillós; se'l considerava tímid perquè en feia la cara. Semblava vergonyós per naturalesa; tenia les orelles massa grans, el coll massa llarg, la boca massa grossa i els llavis massa molsuts, etc. Tal com es veia no era probable que es sobrepassés. No era gaire xerraire, tampoc. No recordava de què havien parlat durant el passeig; probablement va ser ella la que va portar la iniciativa.

Tampoc no es recordava perquè havia sortit amb ell, a no ser per la mania que tenia de castigar-se, ja que el trobava tan ridícul. Sigui com sigui, el sentiment de culpa li va durar poc.

Passejaven al llarg del riu i de sobte es van trobar en un lloc solitari. El noi es va abalançar sobre d'ella, la va estrènyer per la cintura amb mans de ferro, intentant besar-la. Ella solament va adonar-se d'una expressió estúpida, d'una boca enorme oberta davant seu, amb els llavis humits i moltes dents en desordre. Immediatament va reaccionar amb la força d'una fera i va aconseguir alliberar un braç. Llavors va donar-li un cop de puny, furiosament, a la boca.

Les seves mans eren petites i va tenir sort de portar guants. Al cap d'una estona encara es podien veure les marques de les dents en el guant de pell marró de la mà esquerra.

Encara es recordava d'una cara roja, estranyada i avergonyida, que es va quedar amb la boca oberta mentre ella se n'anava.

Després d'aquesta experiència, va tenir cura de no quedar-se mai sola amb un xicot.

Aquesta era una de les raons per la qual no volia deixar de ser líder a la classe. Si ocupava aquest lloc no podia acontentar-se amb qualsevol xicot. Va deixar ben clar que els nois corrents no eren prou per a ella. En canvi, es feia veure parlant dels cosins. No els veia gairebé mai, però els altres no ho sabien. Parlava també dels nois excel·lents que havia conegut a Anglaterra i en altres països. Els situava ben lluny a fi que no poguessin comparèixer de sobte i els hagués de presentar. Era molt important que tots comprenguessin per què no es preocupava dels xicots que tenia a prop.

Es parlava molt del sexe, com si no es pogués parlar de res més. I no era tan important com els altres pretenien.

Fins la Florence s'hi interessava, però a la manera de la «Fredrika Bremer»; ella deia una colla de niciesses sobre els drets de la dona, quan parlava del sexe. Però la Fredrika sospitava que els seus raonaments sobre els drets de les dones amagaven d'altres interessos.

Una vegada la Fredrika va portar-se mesquinament amb la Florence.

Feia cosa de dos anys. Un diumenge al matí, la

Florence estava dreta davant del mirall provant-se un sostenidor. Feia estona que es mirava, arquejant l'esquena, fent positures i ganyotes. La Fredrika ho va trobar tan repulsiu que no va poder callar:

—Si els tingués així em mataria— digué.

—Què? —la Florence la mirava astorada.

La Fredrika assenyalava el pit.

—Aquestes coses tan lletges —va dir.

—Estàs boja! —va dir la Florence—. També en tindràs de pits.

—Doncs em mataré! —va cridar la Fredrika. No sabia què li passava.

—Tot i els pits, la vida no és pas dolenta —va dir la Florence per fer-la riure—. Inspiren, saps?

Però aquest comentari va enrabiar més la Fredrika.

—Ets una porca! —li va engegar.

La Florence es posà el suèter ràpidament.

—No ets normal —li digué.

Després la Fredrika evitava de topar-se amb la Florence quan no anava vestida. També evitava l'Irma. Detestava veure-la nua quan sortia de la cambra de bany. Per què sempre cantava i saltava quan estava despullada? Tan aviat com la gent es treu la roba deixen de ser ells mateixos. Excepte el pare, era l'única persona que podia creuar per una habitació sense res a sobre i ni te n'adonaves.

Quan l'Irma saltava i cantava, la Fredrika es tombava d'esquena.

L'Irma preguntava a la Florence:

—Es pot saber per què la Fredrika és tan pudibunda? Sobretot avui dia que tohom és tan obert...

—Sempre ha de fer el contrari, saps? —digué la Florence.

Van decidir que la Fredrika reaccionava diferent de la gent «normal».

Però aquesta «obertura» ¿no amagava, potser, altres coses?

Quan es veu un cos nu no es veu res més d'aquella persona. Per tant hom s'amaga dels altres darrere del seu cos nu.

És ser «obert» això?

La Fredrika no es treia la roba quan hi havia algú davant, no tenia per què fer-ho; havia après a despullar-se i a posar-se el vestit de bany o de gimnàstica, en un tancar i obrir d'ulls i ningú no veia res. Primer va haver de practicar una mica. A la cambra dels armaris no li agradava que la miressin, però havia après a canviar-se ràpidament i ningú no es fixava en ella.

Totes les noies estaven interessades a «emancipar-se». No ho podia entendre. Els agradava ensenyar les corbes a la més petita oportunitat. Ella evitava de mirar-les. Excepte una persona: l'Helena.

Era estrany en realitat.

De sobte es va fixar que mirava l'Helena. Anava amb el pit descobert buscant quelcom al voltant de la cambra dels armaris. Tenia la pell càlida, d'un color ocre brillant sota la llum difusa de l'habitació. No semblava que anés amb el bust descobert. No tenia la pell rosada com un porcell, no tenia corbes indiscretes. Tenia les espatlles vigoroses, arrodonides i brillants com el bust.

La Fredrika no entenia que algú pogués trobar bella una persona nua. Però l'Helena era bella. La Fredrika s'havia d'esforçar per no mirar-la mentre es canviava. Al mateix temps pensava que era una llàstima que un cos tan bell no es pogués mirar. L'Helena vestida i a la classe no tenia res d'extraordinari. No tenia sentit! Vestida es veia adotzenada i tan meravellosa com era sense la roba!

Llàstima que la Florence no fos com l'Helena. No li hauria dit el que li va dir aquell dia. A vegades hi pensava i li sabia greu.

Li havia dit que es mataria... La Florence a vegades se la mirava com si volgués endevinar què li passava.

La Fredrika, però, observava amb cura el seu bust. Havia sentit a dir que les xineses en altres temps (o eren les japoneses?) s'embenaven ben fort els peus per conservar-los petits. Va comprar-se una bena elàstica i se la va posar al voltant dels pits perquè no li creixessin.

El primer cop els va estrènyer tan fort que no podia respirar. Per poc s'ofega. Va haver d'anar a la cambra de bany durant el descans de l'escola, i afluixar-se la bena.

Desgraciadament no va donar el mateix resultat que amb els peus de les xineses, però bé deuria servir d'alguna cosa.

¿Qui sap com hauria augmentat el seu bust sense embenar-lo? Hi havia casos en què es feia enorme i ella ho va evitar.

Quan va anar a Anglaterra es va descuidar la bena i va tenir por que els pits se li fessin més grossos, però no va passar res i va deixar d'embenar-se.

UNA VEGADA va anar a una llibreria amb la Florence i per poc perd els estreps. Era una rebaixa i la llibreria era molt gran i plena de llibres. S'hi havia d'esmerçar molt de temps si no es volia perdre les ocasions. Tota l'estona una música pop sonava molt estrident i a més no canviaven el disc i la mateixa cançó es repetia una i altra vegada. Era una cançó molt vulgar que un cantant qualsevol repetia acompanyat d'una guitarra elèctrica:

Què tens a sota de la brusa, Suzy?
Què és aquest embalum?
Abans no l'havia notat...

Vinga i vinga! La Fredrika va estar a punt de tornar-se boja. No s'atrevia a mirar la Florence que rondava per la llibreria aparentment absorta, mirant llibres. En canvi la Fredrika agafava llibres a l'atzar i els fullejava sense saber el que es feia.

Perquè no era solament aquesta lletra idiota, sinó que hi havia una mena de joc entre un grup de noies que voltaven mirant les prestatgeries i alguns nois que es burlaven d'elles tot fent gestos grollers. Les noies coquetejaven i feien estupideses.

De sobte va augmentar el volum del disc i una de les noies va contrarestar la veu del cantant anònim, amb tota la força dels seus pulmons, cantant:

Què tens a dintre dels pantalons, Sammy?
Què és aquest embalum?
Abans no l'havia notat...

Naturalment, els xicots es van escapolir; quin espectacle! I tot això a crits. Que en pot ser de grollera la gent!

Aleshores va sentir la Florence que li deia:

—Fredrika, anem-nos-en.

—No t'interessa res?

—Tornaré demà al matí després d'esmorzar.

Per tant la Florence tampoc s'havia pogut concentrar en els llibres, però no ho havia demostrat. La Fredrika va veure que estava furiosa:

—Per poc em moro!

—Ho has sentit tot?

La Florence va afegir que el pitjor de tot era que el canvi de lletra no havia estat fet com un insult, car llavors es comprendria, sinó com una provocació... Per què s'havien d'escoltar sempre coses repugnants sobre les noies? Devia haver-hi alguna manera de demostrar que eren inhumanes i degradants —continuava la Florence—, però la cosa no millora si substituïm les noies pels nois.

Desgraciadament les noies no compartien el punt de vista de la Florence; el que van fer era incitar els xicots.

—Em van fer tanta ràbia que els hauria pegat a tots —digué la Florence.

Van caminar una estona en silenci. De sobte, la Fredrika va recordar aquella cosa terrible que havia dit una vegada:

—Te'n recordes?

—Sí...

—No ho pensava, el que vaig dir...

—Ja ho sé, no t'hi amoïnis...

—De veritat em sap greu... Volia que ho sabessis.

—Bé, va passar ja fa temps —va contestar la Florence.

Va afegir que segurament hauria dit el mateix si la Fredrika fos la gran i ella la petita.

—Tothom diu coses inconvenients als seus germans i germanes —assegurà.

—Per què ho fem?

—No ho sé... Potser per demostrar que existeix quelcom especial entre germans.

—Ho creus així?

La Florence va quedar un moment en silenci i després va continuar pensativament:

—Et diré que jo tampoc no estava gaire contenta del desenvolupament del meu bust...

—No ho estaves? Em pensava que sí. Almenys ho semblava.

—Cert! Ho semblava —la Florence va riure—. Has de fer-ho veure, no? Se suposa que t'has de sentir orgullosa de la teva feminitat... —mirà la Fredrika—. No t'ho sembla?

La Fredrika mogué el cap i digué que creia que era més important tractar de ser un bon ésser humà que no pas una dona. Definitivament ella se sentia més satisfeta de les seves característiques humanes, fossin quines fossin.

La Florence va riure de nou. De sobte es posà seriosa i digué que hi estava d'acord.

—Això és la cosa més important —sentencià.

17

EN REALITAT la Britt i la Fredrika havien estat molt poc en contacte després de l'estiu. Hi havia diferents motius: en primer lloc la Fredrika tenia moltes preocupacions (va ser aquella tardor quan va morir el seu pare, a l'octubre) i pensava en altres coses. Molt sovint s'adonava que la Britt i ella eren molt diferents. Altres vegades pensava que la Britt era responsabilitat d'ella i això la feia sentir-se culpable. Però en realitat no tenien res en comú en aquell moment. La Britt estava molt ocupada pensant en el gran esdeveniment que tindria lloc aquell hivern dintre de la seva família: el naixement del quart Julius Svensson. Tant la seva mare com ella esperaven que tindria un efecte positiu aquell esdeveniment. S'havien arribat a convèncer que tot aniria millor després d'això. La situació de totes maneres era una mica esglaiadora. ¿I si no era un petit Julius?...

Què passaria aleshores?

El més trist era que la Britt no semblava fer-se càrrec que això podia passar.

¿O potser era per aquest motiu que a vegades es veia tan tensa?

La submissió i la tendència constant a quedar-se en

segon pla eren exasperants. Continuava sent massa humil i dòcil, principalment amb la Fredrika.

Qui sap si no li feia cap bé a la Britt el contacte amb la Fredrika. Potser necessitava algú completament diferent per arribar a tenir una millor opinió de si mateixa. Encara se sentia inferior en front de la Fredrika i això no li feia cap bé.

La Britt no tractava de canviar, però què passaria si tenia altres amistats? La Fredrika i ella continuaven amigues, no es tractava pas d'abandonar-la. Però potser seria bo intentar de vèncer la resistència que demostrava la Britt envers els xicots de la classe. Li deia meravelles d'aquest i de l' altre, excepte d'en Kristian, que estava per sobre dels elogis corrents.

Volia obrir els ulls de la Britt i fer que dirigís el seu interès vers una altra direcció. Per desgràcia depenia massa dels altres per pensar pel seu compte. Sempre acceptava l'opinió de la Fredrika.

Sobre aquest tema, també. Es deixava portar de bon grat i s'interessava ara per l'un, ara per l'altre. Tímidament, és clar, i a distància, però la seva cara s'il·luminà una mica i es féu més agradable.

Al principi la Fredrika tenia escrúpols de consciència quan li suggeria xicots que no considerava prou per a ella, però per a la Britt, sí.

Amb tot, passà un fenomen curiós. Notà característiques notables en els nois, tot i els seus interminables problemes amb les motos i coses per l'estil.

¿Podia ser que tot elogiant-los s'adonés que no eren tan despreciables? Segurament que els nois no havien canviat en pocs dies, però el fet de no criticar-los tant, els havia fet tornar més amables. ¿O sempre ho havien estat? ¿El seu partit pres contra els nois havia impedit que ho veiés?... No ho sabia... Però el fet existia.

No eren tan estúpids com es pensava. No calia tenir remordiments, si feia veure les bones qualitats d'ells a la Britt.

El desvetllament d'aquest interès en la Britt havia tingut un resultat inesperat i preocupant... Ara telefonava cada dia.

Al principi la Fredrika no va creure que es convertís en un hàbit. La primera xerrada va ser un èxit. Però després la Britt trucava, deia qui era i esperava que li parlessin. La Fredrika actuava el millor que podia. Va intentar que la Britt també parlés i tinguessin un vertader canvi d'impressions sobre els nois. No va ser possible. Es limitava a escoltar i deixava que l'entretinguessin. Desconeixia per a què servia el telèfon. Com si pensés que era una mena de ràdio que l'entretenia. I la Fredrika va posar en marxa un gran programa sobre els xicots. Anava en aquest ordre: Göran, Lasse, Olaf, Karl-Eric, Magnus, Hakan.

La Fredrika servia molt per inventar històries. A vegades, però, tenia poc material i li calia fer més atractiu el tema del programa. La Britt no es cansava d'escoltar les diferents proeses dels nois descrites per la Fredrika. Acceptava tot el que li arribava per l'altre extrem de la línia. La major part eren xafarderies ornades bellament i sense cap base, però a la Britt li encantaven.

Cap noi no li feia cas, encara, o almenys així ho creia. S'acontentava mirant-los a l'escola, i després, al vespre, escoltava les històries fabuloses que havien passat i a ella se li havien escapat totalment. Per això havia de telefonar a la Fredrika, perquè no s'adonava de la meitat de les coses que passaven a la classe. La Fredrika inventava més i més, fins a quedar exh

La Britt no penjava mai el telèfon. En g

en Julius Svensson el que tallava la comunicació. Una contribució positiva d'ell, pensava la Fredrika.

De sobte, la Britt no va telefonar més.

Va ser després d'haver trucat el dia que va morir el pare de la Fredrika. Ella no havia anat a l'escola i la Britt no sabia per què i va telefonar com sempre.

—Hola!... Sóc la Britt!...

La Fredrika es va adonar que la Britt no sabia res. Trucava com sempre i esperava que la distraguessin. Ni tan sols va preguntar per què no havia anat a l'escola. Esperava en silenci.

La Fredrika no podia fer altra cosa que seguir inventant. Ella reaccionava automàticament, però avui no tenia idea del que diria. Calia evitar el silenci de totes passades. Com més parlava, més temia el silenci. Gairebé era pànic.

De sobte es va quedar sense saber què dir més; es va quedar sense recursos. Silenci al telèfon. Silenci total.

Després va sentir la seva pròpia veu que deia:

—No puc seguir perquè el meu pare és mort.

—Què dius?

La veu de la Britt era tremolosa a l'altre cap de la línia.

—Saps? El meu pare s'ha mort i per això no puc continuar.

La Fredrika parlava com si demanés excuses per algun motiu.

La Britt sobresaltada, va forfollar:

—Perdona!

Després va penjar.

Immediatament la Fredrika es va sentir avergonyi-
[illegible]t per la Britt com pel seu pare. Semblava que
[illegible]r la seva mort com una excusa per posar

fi a la conversa. I era cruel per a la Britt, que tot seguit s'estamordia.

La primera vegada que es van tornar a veure, la Britt es mostrà tan tímida i retreta com era abans que fossin amigues. No actuava amb naturalitat. Encara que aquells dies la Fredrika notava que tothom feia el mateix, amb la Britt era pitjor. Realment li era un turment parlar-li. Es podia veure que lluitava amb ella mateixa per comunicar quelcom que la torturava i que va trigar bastant a poder-ho dir.

—No t'havia d'haver telefonat aquell dia —va dir de cop unes setmanes més tard.

La Fredrika ja sabia de què parlava:

—No podies saber-ho —digué.

—Potser no —contestà trista la Britt—. De totes maneres...

Ja no es va atrevir a telefonar més. La Fredrika va pensar a telefonar ella per trencar el gel, però no ho va fer. No es volia arriscar a que les telefonades es convertissin de nou en un costum. No tenia cap objecte. Pel fet de passar-se hores al telèfon parlant dels nois, no tenia pas més confiança en si mateixa, la Britt. Encara que no sabia el que pensava ella, la Fredrika creia que necessitava enfocar els problemes d'una manera diferent.

Aquells dies la Fredrika necessitava dedicar-se a alguna cosa que tingués la seva ment ocupada. Quan va desaparèixer l'estupor produït per la mort del pare, va concentrar tota la seva atenció novament en la Britt.

La Britt tenia possibilitats; la Fredrika se n'havia adonat feia temps. Tenia qualitats que ningú no veia, ni ella mateixa. S'havien de manifestar, doncs. Evidentment això era més important que no pas buscar-li un amic. I amb més motiu perquè la Britt havia començat a pensar en el seu futur; en el que li agradaria ser. Sovint deia que no hi havia cap ofici o carrera per a una persona com ella.

La Fredrika va intuir que això era un motiu de discussió a casa de la Britt. Sembla que en Julius Svensson deia que potser serviria per apilar plats de cartó en un hotel on els gastessin d'aquesta mena, cosa poc probable. Comentari que va ferir profundament la Britt. El suggeriment de la mare era més intimidant. Li agradaria que fos mestra. Això era inconcebible. Però ella tampoc no sabia què volia ser.

Aleshores, la Fredrika va començar a estudiar-la i observar-la a fons i un dia que la Britt tornava a parlar del seu futur, li va dir:

—Pots dedicar-te a ensenyar gimnàstica, per exemple. Hi has pensat?

La Britt per poc cau d'esquena. Es va pensar que era una broma. Era tan talossa! Sempre la desqualificaven, no podia ni saltar un obstacle!

Però la Fredrika sabia el que deia. Era veritat que fins aleshores la Britt havia causat la impressió de ser desmanyotada i maldestre. Se la notava esporuguida i vacil·lant durant les classes de gimnàstica. Donava per descomptat que era dèbil, poc efectiva, sense talent de cap mena. Però més d'una vegada havia reeixit sense proposar-s'ho. Immediatament es retirava a segon pla, tota confosa per haver fet semblant d'haver progressat i haver-se fet notar. Ningú no pensava que podia tirar endavant. Tots creien que els èxits de la Britt eren accidentals.

Per la seva banda, la Fredrika també s'havia proposat sobresortir en els esports per demostrar la seva indiscutible superioritat en tot. En realitat no era resexcepcional, però actuava amb tanta seguretat que quan fallava creien que ho feia sense cap importància, el lapsus d'una persona superior. Per vergonya d'ella, també en esports havia aconseguit la posició de líder.

A la llarga, però, seria difícil de conservar aquesta posició; per això no li feia res que la Britt la guanyés. La Britt no hi estava d'acord i lluitava amb totes les seves forces.

—Bé —va dir la Fredrika—. Era una idea. Oblida-ho.

Però la Britt no ho va oblidar. Tornava a parlar-ne sempre. Com podia la Fredrika haver pensat... coses així.

La Fredrika li deia per què i la Britt escoltava amb atenció. No se'n desinteressava. Al cap de poc ja practicava en secret i descobria amb sorpresa que tenia aptituds.

Finalment va exercitar-se obertament tant en la gimnàstica com en els esports. No va haver d'esforçar-se gaire per estar en forma. Ho va aconseguir amb poc temps.

Quan va destacar-se en gimnàstica, tota la classe va quedar sorpresa i el prestigi de la Britt va augmentar. El professor de gimnàstica, que la considerava molt toixa, no s'ho podia creure. Això va esperonar encara més la Britt. Gradualment va dedicar tot el temps lliure a entrenar-se.

Hi havia una altra raó per la qual s'ho va prendre amb tanta empenta. A principis de gener va néixer el quart Julius Svensson.

L'alegria va ésser gran, sobretot al començament. La Britt havia llegit molt sobre naixements i com tenir cura dels infants. No parlava de res més. Fins i tot va estar a punt de deixar els esports. Però cada cop es veia més pansida. Va resultar que ni ella ni la seva mare eren prou bones per tenir cura del petit Julius Svensson. Els vells aligots, que ja havien tingut cura dels dos Julius precedents, sabien com s'havia de fer. Elles més que ningú; ella i la mare no podien contribuir en res. La mare ja havia posat el seu gra de sorra, no?

Pel que fa la Britt, no cal dir que hi era de més. Amb prou feines podia mirar el seu germanet.

Fou aleshores quan va començar a entrenar-se seriosament. De primer estava massa nerviosa i perdia les competicions, però a la llarga va reeixir. Va demostrar coratge. Cada cop ho feia millor.

La Fredrika li infonia ànims, anava amb ella a tot arreu, la pressionava i la felicitava. Un cop va dir a classe que la Britt li passaria al davant, ja ho veurien. Tots van riure i ningú la va creure.

Però va ser ella la que va riure l'últim. Els seus pronòstics van realitzar-se. La Britt la guanyava en una competició darrera l'altra, tot i que la Fredrika ho feia el millor que sabia. Tots ho podien veure. Estranyats i desconcertats es van rendir davant de l'evidència que la Britt era la millor; en natació, en salt llarg, en carreres, en tot. De sobte havia esdevingut una persona amb qui calia comptar.

La Britt no s'ho podia creure. També estava preocupada perquè guanyava a la Fredrika i aquesta podia sentir-se molesta.

—No siguis beneita, això era el que volia —va dir-li la Fredrika.

Deia la veritat. Estava contenta per la Britt però se n'aprofitava, com sempre. La seva alegria no era completament desinteressada. No hauria pogut romandre la primera en gimnàstica. Tard o d'hora se li hauria descobert el joc. L'èxit de la Britt va ser un alleujament. De fet, va trobar la manera de convertir la desfeta en un triomf personal.

Després de tot, havia tingut raó. Havia estat la creadora d'aquella estrella de l'esport.

L'èxit va canviar la Britt. La glòria, però, se l'endugué la Fredrika. Fins els professors li donaven les gràcies per haver convertit la «pobra» Britt en quelcom important. Com si la Britt no hi hagués pres part en aquest procés!...

Com sempre la Fredrika acaparava totes les lloances i quan tractava de dir que la Britt també tenia molt mèrit, els professors s'admiraven encara més que fos tan generosa i modesta. Actués com volgués, el mèrit del triomf de la Britt era ben seu!

Així va marxar tot durant un temps... La màquina estava ben untada i les rodes giravoltaven. Sí, havia treballat dur per arribar a ser la millor. Però ara ho aconseguia automàticament, sense cap esforç. Ja no era emocionant.

Si pogués sortir-se'n...

I ser només ella mateixa...

18

FIXEU-VOS! Tothom era tan amable amb ella!

Era increïble com eren tots de meravellosos amb ella.

La Britt no s'ho acabava de creure. Ella que en general era tan reservada i no es preocupava de res, de sobte va trobar que tot era divertit i fabulós. Estava tan contenta com un infant. ¿Com podia haver-li esdevingut una cosa així, *a ella*? Com era possible?

Si s'ho hagués proposat segurament que hauria pogut tenir molts amics, aleshores, però continuava fidel a la Fredrika. La seva gratitud i estima no tenia límits.

Els respectava a tots, però l'única persona que volia que l'aplaudís i li tingués estima, era la Fredrika. No estava satisfeta fins que la Fredrika li comentava la seva actuació.

No s'havia pensat mai que mereixeria l'aprovació dels altres i molt menys de la Fredrika. Per això estava tan contenta.

Però encara hi havia una altra persona de qui no havia esperat mai que la prengués en compte: en Julius Svensson.

Un dia la Britt va dir a la Fredrika:

—Ara «ell» parla més amb mi.

—Oh! De què?

—Vol saber les meves marques i en què sobresurto, coses així.

Així es va assabentar la Fredrika que en Julius Svensson era aficionat als esports. No en tenia la més petita idea.

La Britt devia saber-ho... però mai no havia dit res.

No hi havia rebaixes aquella temporada, però en Julius Svensson li va donar permís per comprar-se un xandall. Era un gran esdeveniment en la vida de la Britt. Era feliç recorrent la ciutat, tot buscant l'equip adequat. Havia de ser igual que el de la Fredrika. Per fi en trobà un força semblant; si més no, era blau com el d'ella. Gairebé el mateix blau.

S'havia de celebrar una competició interescolar a Vallen.

«Ell» va dir-li que hi aniria.

La Britt estava molt excitada. Ara! Ara podria demostrar-li de què era capaç. Estaria molt orgullós d'ella.

El dia havia arribat. Feia un temps magnífic.

La Britt corria a trot curt per la pista de cendra, davant de les grades gairebé plenes. Tractava de veure'l entre els espectadors. Estava resplendent amb el seu equip blau.

En Julius Svensson encara no havia comparegut. Ella el buscava amb afany cada cop més nerviosa per si arribava tard i no podia veure-la actuar.

La Fredrika la va avisar:

—No et cansis abans d'hora.

Però la Britt seguia trotant amunt i avall sense parar. No hi havia perill; estava disposada a conquerir el món.

De totes maneres no podia estar-se quieta, estava

massa impacient. I el trotar consumia menys energies que la impaciència.

I si no arribava?

Les coses es presentaven malament. Passava el temps. La cursa començaria dintre de poc.

Es va acabar el temps. La Britt va trotar fins l'últim minut. Era el moment de treure's el xandall i de situar-se al lloc corresponent. La Britt estava pàl·lida. Es mirava les grades sense expressió.

La Fredrika, que li guardava el xandall, va veure que les coses no anirien a l'hora:

—No t'amoïnis —va dir-li—. Segur que és en algun lloc allà dalt. Potser no vol que tu el vegis.

—Vols dir?

—N'estic segura.

Li va donar un copet desitjant-li sort i la Britt semblava decidida i més contenta quan, junt amb les altres sis, va situar-se a la línia de sortida. Totes set estaven a punt.

En aquest moment el va veure! Era al centre de les grades. Valga'm Déu! Era allà! El cor li bategava fortament. Es va col·locar; es va inclinar... Als vostres llocs!... A punt!... Bang! Totes van sortir disparades menys la Britt.

Es va quedar clavada a la línia de sortida. Les altres ja eren deu metres lluny abans que ella es disposés a córrer. Aleshores va córrer amb esforç i feixuguesa. Les forces l'havien abandonada però no va abandonar la cursa. Va córrer fins el final amb una ganyota de dolor i de cansament.

Més tard «ell» li va dir que «més valia tard que mai». Però que no pensava anar a més competicions on la Britt corregués. No tenia la intenció de ser la riota de ningú per culpa d'ella.

La Britt estava desfeta. Però va tenir el coratge de sobreposar-se. No es rendiria i tornaria a guanyar.

—Magnífic! —digué la Fredrika—. La pròxima vegada guanyaràs el campionat escolar.

—Vols dir?

—Ho «sé».

La Britt sospirà.

—Però «ell» no ho veurà. No anirà a cap més competició.

—Després li sabrà greu —replicà la Fredrika—. Quan ho llegeixi als diaris.

La cara de la Britt es va alegrar. Però encara no havia acabat de dir-ho, la Fredrika va pensar que no sabia per què havia dit una cosa tan beneita; com si tot girés al voltant d'en Julius Svensson. Com si res no tingués importància sense «ell».

Havia de demostrar a la Britt que no era veritat.

De totes maneres ella i la Britt varen tenir altres coses en què pensar.

De sobte, en Julius Svensson decidí acabar d'un cop i per sempre amb l'interès pels esports que sentia la Britt. Va dir que l'esport només era una excusa per reunir-se lliurement amb xicots; aquells tipus bruts i de cabells llargs que havia vist a Vallen. La Britt només podia sortir de casa per anar a l'escola.

La Britt havia passat a ser virtualment una presonera en arrest domiciliari. Les dues àligues eren molt efectives com a guardianes. Tenien el temps i els mitjans, ja que les portes d'aquella casa eren fetes per ser tancades; per cloure *a dins* i excloure *a fora.*

La Fredrika estava furiosa. Tampoc no li podia telefonar.

La mare de la Britt no era de cap ajuda. Encara que estava al costat de la Britt, no s'atrevia a fer res sense el consentiment d'en Julius Svensson. A vegades feia algun comentari, però si la Britt intentava desfogar-se, immediatament es posava al costat del marit i la renyava per criticar-lo. La Britt se sentia insegura novament. Tornava a tenir sentiments de culpa, es va enfonsar, creia que tot era culpa d'ella.

La Fredrika no sabia quina tàctica adoptar. Creia que amb en Julius Svensson no hi havia res a fer.

Per fi es dirigí al professor de gimnàstica i li demanà que telefonés al pare de la Britt i li expliqués que ella valia molt pels esports, que la seva mala actuació en aquella competició va ser un accident fortuït. Havia entrenat massa fort i se li va enrampar la cama.

No va ser difícil de convèncer el professor de gimnàstica. No comprenia perquè la Britt havia deixat d'assitir als entrenaments. Ja hi havia pensat a telefonar-la a casa.

Ho va fer tot seguit.

Aquesta conversa significà molt per a la Britt; més que tot. Era la primera vegada que una persona adulta s'havia posat al seu costat, intercedint en favor seu. I ho feia perquè creia que valia la pena; que la Britt era molt bona en esports i que s'hi podia comptar.

Més tard ho va explicar a la Fredrika i en va parlar moltes vegades d'aquesta fantàstica conversa. Cada cop el que havien parlat es tornava més impressionant. El seu pare s'havia mostrat sec però no inaccessible. Li hauria agradat saber què havia dit d'ella el professor i s'imaginava ara una cosa, ara una altra. En Julius Svensson semblava content. Quasibé semblava com si el professor li hagués dit que l'equip la necessitava.

—Ho havia dit?

—És clar! —replicà la Fredrika—. Les competicions sense tu no tenen sentit. Tots ho diuen. Et necessitem.

La Britt no podia dir un mot. Va abaixar els ulls i va somriure. No era de triomf el somriure, era de felicitat.

La Fredrika no volia que la Britt sabés que ella era la que havia provocat la conversa entre el professor de gimnàstica i en Julius Svensson. No ho havia de saber mai! La Fredrika la va mirar i va descobrir amb sorpresa que sentia una mena de tendresa per la Britt. Mai no l'havia sentit per ningú de l'escola i no se li hauria ocorregut que ho pogués experimentar per la Britt.

Per un moment, un pensament desagradable va creuar la seva ment plena de dubtes. Un pensament sobre els sentiments de l'Irma pels seus fills: «Són la seva obra i ens suporta sempre que satisfem les seves ambicions...»

Era això el que començava a sentir per la Britt?

No, no ho era. Per una vegada n'estava segura. La Britt no era solament obra d'ella; en gran mesura s'havia fet a si mateixa.

Estaven al pati de l'escola dretes al costat de les bicicletes.

La Fredrika es va girar vers la Britt i li va posar la mà a l'espatlla:

—Avancem pas a pas —va dir-li.

—T'ho sembla?

La Britt somrigué tímidament i l'afecte de la Fredrika envers ella augmentà. Es va adonar que la Britt era digna d'admiració.

Instintivament, sempre sabia el que volia encara que no ho semblés. Amb fe cega s'havia dirigit a la Fredrika segura que era qui podria transformar-la i obtenir el millor d'ella. El procés de transformació l'havia portat a terme la Britt tota sola. La Fredrika havia estat solament l'instrument.

—Avançar pas a pas... —va repetir la Britt enrojolant-se i amb un aire somniador—. Gairebé sona com el començament d'una poesia...

IV

El 24 de maig del 1974

19

DIMECRES, vint-i-quatre de maig del 1974. El sant del dia era Santa Desidèria.

El sol lluïa i feia dos mesos que no plovia, des de l'equinocci de primavera. No obstant això, les plantes havien florit.

La Fredrika seia sobre l'herba llegint velles anotacions del seu diari.

El tretze de maig del 1972 havia escrit: «He trobat una bala de vidre violeta.»

Poc abans havia anotat: «Tinc un abric nou de color verd.»

Era l'únic que havia anotat aquell any, com si no hagués passat res més; només el fet de trobar una bala de vidre violeta i tenir un abric que era verd. Ella sola sabia el que significaven aquelles coses i com estaven relacionades amb la transformació de la seva personalitat.

Semblava mentida! Ja feia dos anys! Quant de temps!

Amb prou feines podia recordar com era abans. Avui dia rarament se sentia matussera com era aleshores; a vegades aquest sentiment emergia com una ombra i la perseguia fins que ella aconseguia treure-se-la de sobre. Ara era fàcil, al començament havia estat més difícil.

Però potser la causa que no se'n desprengués del tot, que la seva antiga personalitat encara la perseguís, era perquè a vegades quasi enyorava l'enze que havia estat. En aquella època la vida no era tan feixuga encara que ella fos toixa. Avui dia, tot semblava més interessant i ple d'emoció. Però era veritat? Superficialment, potser, perquè passaven més coses...

Fos el que fos, no tenia sentit enyorar el temps passat. Tornar a ser com abans era impossible.

—Res de vellúries! —com acostumaven a dir quan intercanviaven cromos a l'escola primària.

Però ella hauria d'haver conservat una miqueta de la seva antiga personalitat, just la part més bona...

La Fredrika continuava fullejant el seu diari.

No hi havia cap anotació durant la tardor del 72. Naturalment; era quan el pare se n'anà. Havia fet una ratlla negra aquell dia, però cap paraula. No eren necessàries. Ho sabia prou bé.

Havia sentit a dir que les veus són difícils de recordar; que era el primer que s'oblida d'una persona.

Era veritat?

De sobte podia sentir la veu del seu pare ben clarament:

—Fins l'any 1952 era un xicot feliç. Tenia divuit anys. Però des de llavors no ho he estat...

Havia begut una mica i ho repetia de diferents maneres:

—A partir de l'any 1952, quan tenia divuit anys, vaig començar a ser una persona trista, però abans havia estat realment feliç... fins el 1952, quan jo...

I continuava dient el mateix.

Era un dia que la Fredrika estava sola a casa amb el pare; era bastant petita encara. Havien estat jugant i després les seves paraules sonaven com una tonada. Fins avui no les havia recordat. Ara les sentia, una i altra vegada, tal com les havia dites el pare temps enrere.

Per què hi pensava ara?

Potser per la similitud de les dates: 1952-1972.

De debò? ¿El pare havia estat feliç fins l'any 1952 i després desgraciat sempre més? Ja no ho podria saber mai.

Ella mai no havia estat realment feliç, però tampoc desgraciada.

Potser li mancava sensibilitat, perquè malgrat tot el que havia passat (sí, fins i tot la pèrdua del pare i el dolor immens), mai no s'havia sentit inequívocament malaurada. Però tampoc s'havia sentit mai completament feliç.

¿És que esperava massa de les experiències emocionals? O bé no sabia valorar-les? ¿Volia dir que era una persona freda? ¿O encara no tenia la maduresa suficient per experimentar sentiments profunds? ¿Els experimentaria més endavant?

Per altra banda sovint se sentia aclaparada per l'ansietat de saber que era una sola persona, que només podria viure una vida i en un lloc i en un temps determinats quan hi devien haver tantes altres possibilitats!

¿Estava destinada sempre a enyorar i a desitjar coses impossibles?

Va continuar fullejant el diari.

A la primavera de l'any 1973, només hi havia escrita una paraula, un nom monosíl·lab: Britt. A finals de març, el dia 27.

Ja feia un any que havia conegut la Britt. No era molt de temps, però quan pensava en tot el que havia passat entre ella i la Britt, semblava molt més.

De certa manera la Britt també havia canviat la personalitat. Tots deien que era gràcies a la Fredrika. Havia fet «miracles amb la pobra Britt».

La Fredrika hi pensava sovint perquè no era cert. Havia reeixit amb la Britt com en totes les altres coses. O almenys ho semblava i ella deixava que ho creguessin així. S'havia endut tota la glòria però sabia perfectament bé que ella solament havia obrat com una espècie de catalitzador, perquè la força i la iniciativa havien estat de la Britt. A més, en aquell temps, la Fredrika estava amoïnada per algú altre; tenia el seu pare al pensament.

Així doncs, en contra del seu parer i sense entusiasme, va acceptar tota la glòria. Per què no havia pogut renunciar-hi? Ni que fos per una vegada? Deuria haver-hi alguna manera radical de fer que els altres, en lloc de fixar-se en ella, es fixessin en la Britt i la valoressin pel que valia. Per una persona intel·ligent com la Fredrika, aquesta glòria l'havia de trobar mesquina.

No obstant això, era com un verí. El verí de l'Irma. No es podria lliurar mai d'aquest afany de poder? ¿D'aquest anhel de vanaglòria? ¿De la sensació de triomf que significa transformar la personalitat d'algú de manera que faci el que tu vols? ¿Tal com havia fet l'Irma amb la Florence, amb en Philip i amb ella?

El cas de la Britt, però, no era diferent? En el fons ella havia sabut sempre el que volia ésser. Mentre que la Fredrika, ¿sabia en realitat quins eren els seus recursos? No era segur que els hagués desenvolupat tot i haver reeixit de manera indubtable. ¿I si en el fons tingués unes capacitats diferents, semblants a les del pare, per exemple, i sempre reprimides?

Però no mirem enrere...

Al cap i a la fi tots anem rodant endavant i endarrere com una pilota de tennis... tots...

La Britt per exemple, aviat seria una professora de gimnàstica. Qui n'hi havia parlat de primer? Ara la Britt no pensava en res més. Ja s'havia decidit. ¿Qui la hi havia induït? Potser la Fredrika? ¿Potser en Julius Svensson tan interessat en els esports? ¿O potser ambdós? Encara que era el seu afer, no podia haver estat la Britt tota sola. Li abellia aquesta professió, però això no vol pas dir que fos el que desitjava ésser. ¿I si un bon dia descobria que volia ser quelcom oposat? Quelcom que ella considerava més important? Què faria? Com se sentiria la Fredrika? ¿Ella, que estava convençuda que havia fet una gran cosa? ¿Com podia estar-ne tan segura?

¿Com se suposa que hem d'intervenir en la vida dels altres?

L'Irma s'interessava per la psicologia. La Fredrika acostumava a furetejar en els seus llibres. En un d'ells va trobar-hi una semblança amb la pilota de tennis realment encertada. Es referia al trist destí de la pilota de tennis durant el joc. Vet aquí el que va llegir:

«Totes les mirades estan fixes en ella... És el mitjà de comunicació entre els jugadors. La llancen d'un cantó a l'altre, fan trampes i trucs amb ella. És essencial, però ningú no està interessat en ella. Només la fan servir i la volen per a guanyar l'adversari. A vegades la tracten bé però solament per assolir els seus fins: guanyar. Ningú no se'n preocupa de la pilota... Alló que interessa és el joc; fonamentalment, potser no es tracta tant de guanyar com de perpetuar-lo...»

Després venia una descripció del que passaria si la pilota es transformés en una granada de mà o en una bomba de temps. Ningú no tindria la més petita idea de quan esclataria. Quina paorosa revenja contra el joc i contra el públic!

Però el primer que es destruiria seria la pilota mateixa... Ho desitjava? La analogia finia amb un comentari melangiós: «...i encara, potser val més ser una pilota de tennis que no ésser res...»

Molta gent pensa així, oi?

L'hauria entès l'Irma aquesta al·legoria?

A la seva manera potser sí, amb la seva intel·ligència superior... Tenia cap sentit discutir amb ella? O potser sí?

Per què no discutir-hi?

Li havia donat cap oportunitat a l'Irma?

I si no ho havia fet, per què?

Era curiós que si pensava en l'Irma, no podia imaginar-se-la bé. La veia a distància, sempre en moviment, girant-se tot allunyant-se. No recordava ni un primer pla de l'Irma... ni un tret de la cara, tot i que vivien juntes. Era com un film en què, el qui feia anar la cambra, s'hagués oblidat de prendre un primer pla del protagonista principal. Mires i mires... però és inútil, no pots arribar a veure mai la seva cara. És molt desagradable i els tècnics no són tan maltraçuts; ara, dintre de la família pot passar.

Per un breu minut sí que podia evocar la fesomia de l'Irma. Va ser un dia a l'hora d'esmorzar, ja feia anys. Anava a agafar la tassa de te i la Florence li va dir:

—Tens un cabell blanc a la templa.

A la Fredrika li hauria agradat de veure'l perquè un cabell blanc al cap de l'Irma seria reconfortant, voldria dir més caliu a la llar, però l'Irma va deixar la tassa:

—Un altre no! —va dir una mica trista i amoïnada.

En aquell moment, en deixar la tassa i abans d'aixecar-se a buscar les pinces per arrencar-se el cabell, la Fredrika va entrellucar un primer pla de l'Irma amb una expressió trista al voltant de la boca i una mica de pànic als ulls. Malauradament, va ser l'única cosa que demostrava que l'Irma també tenia els seus punts dèbils. Potser hi hauria esperança per a l'Irma...

A la tardor del 72, quan el pare va desaparèixer, ella havia traçat una línia negra i gruixuda al diari, excepte en un lloc on havia esborrat la línia: al començament de la tardor. Havia encerclat dos dies, el sis i el set de setembre. En el cercle hi havia dues inicials: S.J.

Si algú mirava el diari i pensava que volia dir Statens Järnvagär, tenia tot el dret de fer-ho. Era el nom del ferrocarril suec.

Però volia dir Sara Jonson.

A més de la mort del pare, que la Fredrika en culpava l'Irma, podia molt ben ser que la Sara Jonson fos la raó per la qual la Fredrika no volia donar cap oportunitat a l'Irma.

La Fredrika sospitava que això era veritat, però no ho volia admetre ni a si mateixa.

L'Irma podia quedar-se com era, perquè com més distant i freda la veia, més motiu tenia d'estimar la Sara Jonson i de desitjar ser la seva filla.

Era una delícia somiar com la planyeria la Sara Jonson si sabia com ho passava de malament amb l'Irma, que ni tan sols volia que li diguessin mare.

Aleshores potser la Sara Jonson tindria cura d'ella, com ho va fer a la mort del pare; no massa compassiva, a fi que la Fredrika no es posés a plorar a llàgrima viva, sinó oferint-li el seu ajut i la seva comprensió perquè la Fredrika se sentís més forta, mirant-la als ulls, simplement.

La Sara Jonson era la professora d'història.

Potser era una mica més gran que les altres professores, però no era segur... Quan pensaves en ella, l'edat no comptava. No s'esforçava en semblar més jove; no portava pentinats complicats, ni vestits sensacionals, ni res d'extraordinari. Fins i tot la podies trobar adotzenada, però era la persona menys adotzenada de totes.

Era difícil de descriure. Si no la tenies enfront no hi pensaves en com era. En canvi quan seia a classe, la Fredrika trobava que era la persona més bonica del món.

Tenia els ulls grisos d'expressió seriosa, el cabell suau; abans era fosc i ara mig grisós, gairebé blanc al voltant del front. La pell fina amb venetes blaves als polsos, els llavis pàl·lids ben dibuixats, que somreien poc i quan menys t'ho esperaves; però ella no reia. Els seus ulls eren els que reien.

Així era com havia de ser un «ésser humà».

Només hi havia un alumne en tota l'escola que fos un vertader ésser humà: en Kristian, però ho era d'una altra manera i no estava preparada encara per enfrontar-s'hi. Cada cosa al seu temps! Ara es tractava de la Sara Jonson.

Era l'única persona que havia sabut veure l'interior de la Fredrika. Era molt emocionant. La Fredrika anava a totes les classes d'història amb molts nervis. El cor li bategava tan fort que es quedava sense alè. Era una sort que els altres no poguessin sentir els batecs.

Amb prou feines es mirava els treballs de casa i no estudiava les lliçons, però llegia molt i es refiava d'això. Era com si jugués a la ruleta russa.

No aixecava la mà, seia com si la classe d'història no li interessés, com si no en formés part.

Quan per fi li preguntaven, desplegava el seu enginy, penetrant com una navalla. Els altres aguantaven la respiració, sospiraven i se sentien aclaparats. Cap no podia avantatjar-la. Després la Fredrika es quedava impassible com si no s'adonés que l'havien interrogat i que havia contestat brillantment, gràcies a les lectures.

Ningú no sospitava com li bategava el cor, ni com el repte la trasbalsava.

Però si, com passava a vegades, l'interrogaven de nou sobre un tema que no havia llegit, una pregunta fàcil de contestar, aleshores no era capaç de dir res, es quedava muda. Per això era tan emocionant!

En aquests casos feia un posat de «a què ve ara aquesta pregunta?» ¿Com podia interessar-se per una cosa tan trivial? Després de la seva exhibició magistral... realment... preguntar uns detalls tan insignificants... No hauria cregut mai que la professora Jonson fes aquestes preguntes tan elementals, a ella, que feia un moment havia exposat els seus profunds coneixements.

La seva expressió era aquesta; lleugerament ferida però indulgent, silenciosa però sostenint la mirada. I si la Sara Jonson s'hi deixava caure com feien els altres professors, i passava la pregunta a un altre deixeble, la Fredrika s'apuntava la victòria. Però fins a un cert punt.

No estava satisfeta del tot. No sabia ben bé com hauria volgut que acabés la cosa.

Si hem de ser sincers, la Fredrika no volia obtenir la victòria d'aquesta manera. No podia ser que un vertader «ésser humà» es deixés enganyar així. Metòdicament i amb calma hauria d'haver fet pregunta rera pregunta sobre els deures de casa fins que quedés demostrat el seu desconeixement del tema. Que quedés demostrat que era un foc d'encenalls tota aquella exhibició feta per enlluernar els altres, i en canvi, no sabia el que havia d'haver estudiat.

Però, li agradaria que succeís això?

Doncs sí, havia succeït, una vegada si més no.

D'una manera natural i desapassionada, l'«ésser humà», asseguda enfront de la classe, l'havia interrogada llargament, com si desplomés un ànec, fins que no li va quedar ni una ploma. Fins que la Fredrika tremolava sota la mirada suau dels ulls grisos, que de totes maneres eren indulgents si no es mostraven freds del tot, només impertorbables.

Al final no hi van haver retrets ni comentaris. Les mateixes preguntes que no havia sabut respondre la Fredrika van ser fetes als altres, i com que havien estudiat, en sabien les respostes.

Tornaria a passar? La Fredrika s'ho temia i ho desitjava a l'ensems.

Fins a cert punt, s'atrevia a desafiar la Sara Jonson. Volia demostrar-li que era ella la que dominava. Fins i tot va contestar una pregunta que no anava dirigida a ella. Parlava pels descosits amb la seva expressió arrogant de «tant se me'n dóna». Deia coses com:

«No estic segura de com han progressat les investigacions fins ara, però segons l'article aparegut a la revista «tal» el desembre de l'any passat...»

Se n'avergonyia però no podia evitar-ho.

L'ùnic problema era que la Sara Jonson no accep-

tava la provocació. Era terrible veure que no reaccionava; continuava tan tranquil·la i lleugerament sorpresa; de la mateixa manera que faria si sentís el brunzir d'un mosquit entossudit a molestar-la, però que ella estava decidida a no fer-li'n cas.

Què es pot fer amb una persona així?

La Fredrika no ho sabia. Després de cada classe d'història estava a punt d'explotar. Era pitjor que jugar a escacs, l'experiència que més l'havia pertorbada.

Per sort, ningú de la classe no sospitava el que passava. No s'adonaven que la professora l'havia desemmascarat. Eren tan ingenus que creien que ella sabia les respostes però no es prenia la molèstia de contestar. Trobaven que era increïblement forta per haver resistit tant; l'admiraven per no haver claudicat.

Naturalment, deixava que ho pensessin així.

Però quina estupidesa! Havia fet un trist paper i el trobaven heroic!

Passava sovint una cosa així al món? ¿La gent actuava així? Era aquesta mena d'herois el que volien?

I ella? Per què ho feia? Per què havia permès que els altres l'admiressin? Realment era poc de fiar... Però per fora era un triomf innegable, i ella solament mostrava la part de fora.

¿Qui podia interessar-se a saber com era i sentia per dintre?

Ningú segurament...

Però aquest «ésser humà» d'ulls grisos que seia de tant en tant davant seu a l'escola; que passava pels corredors i creuava el pati; que quan caminava, la seva ombra es dibuixava a les parets; que portava un paraigua verd quan plovia; que conduïa un Opel Record,

blau clar; que desapareixia en una entrada amb la porta de vidre i el número nou, daurat, a sobre; que vivia amb el seu pare al capdamunt d'un edifici blanc de teulada vermella (al quart pis, vint-i-tres graons a cada pis, noranta-dos en total, amb un ascensor per tres persones o un pes màxim de dos-cents cinquanta-cinc quilos, que fou revisat el 27 d'octubre de 1971, per G. Eriksson) que es pentinava al saló Suzanne i anava a casa del dentista Dr. Rosander; que comprava el pa a la cruïlla dels carrers Nou i del Rei i les flors a la botiga Viola del carrer de la Reina; que a més, tenia dues ties velles que vivien fora ciutat, cap a Sörbyhäll, i les visitava a vegades els dissabtes; que viatjava els estius però es quedava a casa els hiverns; aquest «ésser humà» del qual la Fredrika sabia tot el que es podia saber, potser si Déu ho volia (i si Ell existia) seria possible que es preocupés i fins i tot comprengués com pensava i sentia la Fredrika i el perquè, tot i que ella mateixa no n'era capaç.

Però com la podia induir a fer-ho?

Era inútil intentar-ho.

Des de l'edat d'onze anys que la Fredrika adorava la Sara Jonson. Havia reunit cada detall de la seva vida i costums, sense cansar-se ni estalviar esforços; posava rams de flors al picaporta quan era el seu aniversari, ficava capses de bombons a la seva bústia per Nadal (anònimament, és clar), escrivia coses memorables en llibres que la Sara Jonson havia de veure, li enviava petits obsequis; coses així.

Si durant l'any algú tenia relació amb la Sara Jonson, fos de la mena que fos, ja era important per a la Fredrika. Fins i tot va pensar seriosament en demanar feina al Saló Suzanne per poder rentar-li el cap i pentinar-la sempre més. Va intentar que l'Irma se subscri-

vís a altres diaris i comprés en altres botigues perquè ho feia la Sara Jonson. Fins volia anar al dentista Dr. Rosander, sense recordar que l'Irma també ho era, de dentista. En una paraula, va tractar d'atreure l'atenció de la Sara de totes les maneres possibles, però inútilment.

Al principi quan encara era toixa, es comprenia que no li cridés l'atenció. Però ara que era una persona tan brillant, la Sara Jonson ho hauria d'haver notat ni que fos per una vegada.

Al marge de la seva posició brillant però fictícia, la Fredrika no era mala alumna. No era un frau. Si sabés que l'avaluaven pel seu vertader valor, podia deixar de fingir en qualsevol moment. Era solament un joc emocionant per provocar els altres. ¿O alguna cosa més?

Quan hi pensava seriosament, ¿no creia que era per la Sara Jonson que havia canviat de personalitat? ¿Que va tenir el coratge de fer-ho?

D'altra manera, no hi hauria pensat a canviar...

No era per l'Evelyn... ni per l'Irma... ni per la Madeleine Strand.

Potser el motiu va ser la Sara Jonson. En aquell temps no s'havia preocupat d'analitzar-ho; ho va acceptar i prou.

I realment n'era, de brillant?

Probablement, no.

Un cop va desitjar i tot, que el pare conegués la Sara Jonson i es casessin; llavors podria viure amb tots dos. Després, però, va rebutjar la idea i no va voler que succeís. Tenir a prop dues persones que estimava tant, seria excessiu!

En recordar-ho les orelles se li van envermellir. Li bullien de vergonya.

La seva actitud vers la Sara Jonson era una d'aquelles passions típiques. S'hauria deixat cremar viva per ella, a l'escola. Generalment amagava molt bé els seus sentiments, però no per complet. A vegades sentia la mirada dels seus companys quan s'embadalia davant de la Sara Jonson, o quan topava amb ella de sobte i no podia deixar de tornar-se vermella.

Amb tot, no li deien res. Ni tan sols quan la van trobar un parell de vegades davant de l'edifici on vivia la Sara, mirant cap a la seva finestra. Era una part de la ciutat on no tenia per què anar-hi en una hora en què hi havia coses més divertides a fer. Potser sospitaven quelcom, però no van preguntar res i no va haver d'explicar mai res.

Només un cop, la Britt li va dir:

—T'agrada la Sara Jonson?

—Per què ho preguntes?

—Te la mires tota l'estona...

—Sí? No me n'havia adonat.

Van canviar de tema, però des d'aleshores la Fredrika es posava en guàrdia davant de la Britt i aquesta no en va parlar més.

La Fredrika va notar que no havia escrit ni un mot en el seu diari durant la primavera del 1974. Ja només quedaven dues setmanes de la temporada primaveral.

Després vindria el llarg estiu...

I les interminables vacances...

Per altra part, l'Irma s'havia tenyit el cabell...

Per fi ho havia fet...

La Fredrika va mossegar el bolígraf i va cloure el diari amb un cop sec.

No havia caigut ni una gota d'aigua d'ençà de l'equinocci de primavera, però de totes maneres les plantes havien florit...

L'Irma es quedava més temps a casa, ara.

La Fredrika va tornar a obrir el diari i va mossegar novament el bolígraf. Després va escriure lentament: «Trenta, quaranta, ametlla...»

Els ocells refilaven al seu entorn però ella no els sentia.

Va mirar enlaire, cap al cel.

Semblava com si reflexionés, però potser no ho feia.

A vegades hom tracta de pensar profundament sobre coses que no acaba d'entendre però de sobte ho veu clar; aleshores es queda quiet un moment mentre pren una decisió.

Hom es redreça de cop, tal com va fer la Fredrika.

Tot d'una va obrar amb rapidesa. Entrà a la casa, deixà el diari sobre la taula i cercà febrilment quelcom dintre dels calaixos. Finalment ho va trobar: la bala de vidre.

La va mirar a través de la llum però no hi va perdre gaire temps. En lloc d'això, va córrer a l'armari i agafà l'abric verd amb penjador i tot, entaforà la bala de vidre en una de les butxaques; després va anar cap a la cuina i va agafar un martell i un clau. Va sortir a fora, travessà el jardí i s'arribà fins al riu. Buscava entre els matolls fins que va trobar el bot vell que en Philip havia construït anys enrere. Estava abandonat i mig podrit. El va tirar a l'aigua i encara surava.

Al bell mig del bot hi havia un pal per posar-hi una vela. Va saltar a dins del bot fent esquitxos i rient, un riure divertit, i sense pensar-s'hi més, penjà l'abric verd, amb perxa i tot, al màstil. Saltà fora del bot i li donà una empenta perquè navegués.

De primer antuvi, va girar en rodó, però després el corrent el va impulsar endavant. Ella va estar un moment guaitant com surava, endut pel corrent. L'aire jugava amb les mànigues de l'abric, aixecant-les, ara l'una, ara l'altra. La màniga dreta semblava que fes adéu.

La Fredrika també anava a acomiadar l'abric però s'aturà a temps i es va quedar quieta. Aleshores es posà a córrer de nou. Desaparegué entre els arbustos, pujà al turó i baixà al jardí. Agafà la bicicleta i pedalejà a gran velocitat.

Hi havia un camí al llarg del riu. El va seguir amb la bicicleta sense mirar al voltant seu fins que va arribar al pont. Un petit pont de fusta en forma d'arc. Va parar en el punt més alt, al bell mig, i es va inclinar sobre la barana, asseguda a la bicicleta i amb els peus als pedals.

Mirava riu amunt.

S'acostava el bot amb l'abric verd. Es balancejava gentilment en les aigües fosques sota un cel resplendent, entre els arbustos florits dels marges del riu. Primer estava mig amagat entre ombres, però ara sorgia a ple sol, es bellugava sobre l'aigua i aixecava petites onades brillants com peixets argentats.

Navegava cada cop més de pressa.

Ella seia sense moure's de la bicicleta, seguint el bot amb la mirada i el cor bategant.

El bot lliscava sobre l'aigua cada cop més i més ràpidament, a mesura que s'acostava.

L'aigua cantava sota del pont, cantava tan fort que gairebé no s'oïa el cant dels ocells... Ara arribava, el bot!

La Fredrika es va abocar més sobre la barana i mogué els llavis al mateix temps que un parell de gavines xisclaven; ella digué cridant:

—ARA!

L'aigua va penetrar dintre del bot i l'abric verd desaparegué dins d'un remolí.

No era agradable però era necessari.

Ja no es veia res, només petites bombolles. La Fredrika es va empassar la saliva dues vegades i se n'anà pedalejant lentament fins a casa.

Sota el pont se sentia la fragor de l'aigua.

Sorgien bombolles del fons del riu.

El sol resplendia.

La Fredrika descrivia espirals amb la bicicleta al llarg del camí.

Ara ja sentia el cant dels ocells. Va començar a xiular i els ocells li responien...

Quan va arribar a casa, el cotxe de l'Irma era a l'entrada.

Va deixar la bicicleta i va córrer, sense fer soroll, pel jardí, va obrir la porta i per un moment va escoltar les remors de la casa. Se sentien les petjades enèrgiques de l'Irma. Resoluda... Solitària... i la Fredrika va dir cridant:

—Escolta el que et vull dir! Tornaràs a ser la meva mare!

Era escoltada... i va cridar novament:

—T'hi forçaré... Ja ho veuràs!...

Índex

Col·lecció
GRAN ANGULAR

Gènere: NARRATIVA JUVENIL
(a partir de 13 anys)

Títols publicats

Els escarabats volen al capvespre
Maria Gripe
Traducció de Joan Costa i Costa
232 pàgines

El passat ha quedat enrera
Anke de Vries
Traducció de Marta Mirabent i Sala
168 pàgines

L'abric verd
Maria Gripe
Traducció de Josefina Planas
184 pàgines

Distribuïdor exclusiu: CESMA, S.A.
Progrés 482 - Badalona (Barcelona)